山河云影

蔡淼 著

天津出版传媒集团

百花文艺出版社

图书在版编目（CIP）数据

山河云影 / 蔡淼著. -- 天津：百花文艺出版社，
2025.3. -- ISBN 978-7-5306-9082-6

Ⅰ. I267

中国国家版本馆 CIP 数据核字第 20259VC256 号

山河云影
SHANHE YUNYING

蔡淼　著

出 版 人：薛印胜
策划统筹：王　燕
责任编辑：王　燕　徐　姗
装帧设计：彭　泽
出版发行：百花文艺出版社
地址：天津市和平区西康路 35 号　邮编：300051
电话传真：+86-22-23332651（发行部）
　　　　　+86-22-23332656（总编室）
　　　　　+86-22-23332478（邮购部）
网址：http://www.baihuawenyi.com
印刷：山东临沂新华印刷物流集团有限责任公司
开本：880 毫米×1230 毫米　1/32
字数：180 千字
印张：9.25
版次：2025 年 3 月第 1 版
印次：2025 年 3 月第 1 次印刷
定价：68.00 元

如有印装质量问题，请与山东临沂新华印刷物流集团有限责任
公司联系调换
地址：山东省临沂市高新技术产业开发区新华路 1 号
电话：(0539)2925886　　邮编：276017

目录

第一辑·生态

混沌

世界最初是一片黑暗，你在子宫里漂浮如船。母亲受难，子宫扩张，血肉被撕裂成一道容下十指的通道。光漏进来，这实则是一道生死之门，真正的鬼门关。脱离真空，第一缕空气从鼻息进入体内，从此活在人世间的便是这一口气。它将伴随你的一生，呼吸的自由与欢快只有到了真正生病时才能体会到它的重要性，及至生命的尽头，一口气上不来便一命呜呼。

未及眩晕，便有三分的失重感滑过，有人倒提着你的双脚，像是提着一只被扒光了毛的鸡。你坠落着，从体内一层一层地往下沉，内置的黑色世界在旋转，斑点苍茫浮现在暗海的浊浪之上。

这时有人在你的屁股上拍了一巴掌。一股气流从胸腔迅速蹿出体外，明明异常舒适，你却不自觉地发出一阵哭声，或是人们无法理解的另一种歌谣，先天的曲谱无须温习便已熟稔。

　　你尚未认识到击打带来的痛感，更多的是惊吓，此后许多年间，这种惊吓将生长为一种疼痛，你以此来辨别这个世界。而这样的击打伴随整个童年。此刻在你眼中的世界和万物并没有区别，仍是一片模糊的状态。你看所有的人都长得一模一样，唯有母亲和他们不一样，她的身上有一种特殊的味道，并不是奶香味，而是一种腥味，伴随着新鲜的血液。直到很多年以后你才会明白，那是生命的源头，正如大江大河的源头仅是一个不起眼的泉眼或是一团淤泥而已。

　　世界在你的眼中并没有清晰的概念，又或许世界本身并不存在，它还没有被你豢养成形。世界到底是什么，并非能用语言概述，也非细节所能描摹。这是你人生中最为美妙的时刻。世界飘浮在雾气中，没有概念而又不用刻意地去分割。眼中灌满了前所未有的清澈和天真，世界是简单的，虽然无法被总结概括，但是世界的本原大概就是一种混沌的状态。上天是多么的公平，在这个阶段，世界完全是对等的。所有人都要经历这样的阶段，一切都在你的感知范围内，你已经能够清晰而完整地感知这个世界了。但是猛然一回头，你会发现其实你并没有表达的能力，唯一能够和外界沟通的就是自我的情绪,欢笑或哭泣成为人们了解你的洞口,但不幸的是,他们早已丢失了对这种语言的理解能力,因为他们从洞穴中爬出的时间已经足够久远,久远到敏感如气泡破裂尚且无法自知。他们只能机械地将其丰富的复杂性理解为一种单调的"饿了""困了"。他们的视域之光只能探照在洞口的表面,再也无法进一步深入洞壁。要知道每一个人内心的构成极其复杂,并没人们表面上认知的那么简单。很多年以后,你也会发出和无数前人一样的喟叹,你真的了解自己吗?真的认识自我吗?这个问题自开始之日起千百年来被人争论不休。你认为答案是否定的,既然自己都无法了解自己,那么别人又怎么能了解你呢?你不止一次听到别人说我比你还了解你时,肤浅和滑稽感从你头脑中游荡而过。

你在模仿中一遍一遍地重复着自我。于是你学会了走路,在耳濡目染中学会了语言。你开始咿咿呀呀地说着一些常用的单音节字词,但也正因为如此,你眼里的世界开始从混沌中一粒一粒瓦解。因为词语,你在不知不觉中触摸到了语言的脉络,语言的网络在很短的时间内完成编织。一些符号从抽象之桥抵达具象之屋顶,它们又一次复活,时间开始涌动。从先祖处获得智慧,便获得了打开世界之门的密钥。

世界被语言所包围、肢解、瓜分，似乎所有的事物都有了明确的间隙，用词语可以分割。词语的威力在于切割，轻松穿透事物的内部，坍塌不过一瞬之念。语言的魅力在于它几乎改造了整个世界，其实你知道这是一种假象、一种伪装而已。于是，剥开蛋壳，另一个世界开始重构。但是，你的世界仍旧仅困于你的周遭，活动半径在摇篮以内。人性的善恶与你并没有太多的关联，你只是在吃喝拉撒睡中满足于舒适地当一个小皇帝，而这些又无须自己投入过多的精力。意识起源于脑颅内部，浅层次的思考在碰撞中攀爬。

人们被长期囚禁在惯性的牢笼之中，你以为的命名和所在乎的东西最终都指向虚无。慢慢地，你在语言深海的豢养中，下潜，沉浮，上岸，世界的范围越缩越小。你开始有了记忆，评判的标准单一而又精准，无须面对复杂，天真这件利器有着惊人的力量。一些面孔开始熟知，从长辈的言传中接过惯性的理解。爷爷喜爱你，而婆婆对你好像并不待见，从远方而归的亲戚每次都会提着大包的零食……世界的半径在时间的膨胀中不断扩大。

时间就像是风翻过的书本，转瞬即逝。你可以下地了，从爬行到站起来，行走，跑步，眼里的一切变得陌生而又惊喜。院子里的水生和你上午打架，下午就和好，见不得也离不得。云雾成为遥远的记忆，尽管它们离开的时间并不是很长。你赤脚跑在乡间的小路上，你听人说过冬天的时候，大雪纷飞，你一丝不挂地在松树林里赤脚奔跑。幼小的你，并没有过多的评判标准，那是生命的奔放，是自然的行为。它会成为人们从黄土厚地的劳作中归来后在屋檐下的谈资。不知是语言的迷惑造成了错觉，还是记忆的另一种解冻，你清楚地记得那场大雪。你看见一个熟悉的人影，一种友好的气息传来，带着些许松针的清香，他带有一种不可言说的磁场与力量，指引着你前行。你在他的身上似乎看见了另一个自己，你心甘情愿地跟着他走，赤身裸体走在雪地里却感受不到一丝的冰凉。身体里的血液以沸腾之姿面向这个世界，一声小名的呼唤让你从那个世界迅速脱离。人影遁迹成虚无的一部分，那个世界的轰塌声像是破碎的玻璃一样，散落了一地。风像扫描机一样扫过你的身体，雪花落在你的肩膀上，好像你要举起肩膀扛起整个冬天一般。曼妙的氛围涌入了大人们高声疾呼的斥责，寒冷开始穿过你的身体，你被父亲一把抱起，眼前的世界一退再退，直至如幻如影，你把脖子靠在父亲的肩上，亲眼看着世界逐渐远去而无能为力。直到一年以后，爷爷去世，大雪又一次重返故乡。

那晚的夜空也必定是混沌的，很早以前爷爷和婆婆就分开睡了。被病痛缠身的爷爷常常借助象棋来转移注意力，这是他唯一的爱好。靠近死亡的那一刻，他扭曲的面容平缓成一道静流，皮肤松弛，体会到一种久已期待的快感。他不再眷恋这个世界。人影追随更多的人影穿墙而过，越走越远，透明的影子逐渐失去光和颜色，谁也不知道他们最终将奔赴何处。你看见爷爷被扶起来，靠在墙上，等待着最后断气。松弛的皮肉在失去弹性之后逐渐垂下，最后的表情被定格，可是如今怎么想都是一团混沌。伢! 走了! 那会儿的你尚不知道"走了"这个词语还有另一种沉重，但爷爷已经走向了终点。你表达悲恸的唯一方式就是不吃不喝，这样的日子持续了三天。你在用自己的方式送别爷爷，爷爷终究归入了混沌。多年以后你才知道这就是送终。当你听到这个词语的时候，想到爷爷的脖子罢工，不再支撑那颗头颅的时候，头颅猛然间落下，像是一枚果子扑到了地面。没有任何声音传出，只有女人们的啜泣和抽噎。

能吃能喝，能跳能跑之后，一切的陌生之物所搭建起来的世界逐渐走入你的内心。你会在堂屋里，用葫芦瓢把母亲

挑来的井水倒在地上。凹凸不平的地面上积着一些小小的
水泊,然后你一屁股坐进去,带着某种动物的天然属性,把
自己弄成一个小泥人——六岁多,喂猪的时候,牛虻落在花
猪的身上,猪尾巴甩来甩去还是够不着,它干脆前腿一跪,
整个倒在排泄物中翻滚。爷爷见此情景,总会让人把玉米秆
倒入猪圈。

　　爷爷就葬在你家的玉米地里,平时薅草、上肥料的时
候,趁着歇气的间隙,你总是跪拜在爷爷的坟前。你仍然记
得落葬前的那场大雪,现在想起来地穴更像是一个巨大的
眼镜盒。黑色的棺材在整个雪白的世界中是那样耀眼,它在
肃穆的哀伤氛围中徒增了几分跳脱。但是很快,父母就发现
了你的反常。时间过去快一年多了,每次到那片地里干活
儿,你总要叩拜,走小路时路过亦是如此,似乎已经成为一
种怪异的习惯。他们开始怀疑你是不是丢了魂,于是把你安
置在屋内,天上落下麻点快要黑的时候,大声疾呼你的乳
名,希望能够把你的魂给喊回来。让人感到可笑的是,你的
小名在你上学以后就基本被淡忘了,始终喊你小名的都是
老人:婆婆、家公、家婆。他们记不住你的学名,小名简单而
又容易上口。兴许是喊魂起了作用,又或许是你的兴趣点发

生了偏移,你不再对着爷爷的坟叩拜了,但有一件事把母亲吓了一大跳。天将黑欲黑的时候,天光被剥蚀,世界陷入的是另一种混沌。你小跑着走到母亲的跟前,喘着气儿,脸上有豆大的汗珠在奔袭,说不上是兴奋还是悲伤。你说,爷爷回来了。仅是这五个字就足以让母亲头皮发麻。母亲心一紧,脸色苍白,呆立在原地。只见一佝偻老头儿拄着拐棍从菜园旁的小路走来,脚步声极轻,人影在月光下一寸一寸地往外冒,先是头部,接着能看见五官的轮廓,再是肩颈和胸脯,整个上半身的影子像是擀面杖下的面条,摊成细长而又薄薄的斜面。这时候露出一张黢黑的脸来,脸颊上的油脂闪着一丝微光,来人正是爷爷最小的弟弟,你喊幺爷。见到幺爷的真容,母亲的神情才算从寒冬中解封,原来不过是一场乌龙。

幺爷的命运悲凉,那是你们最后一次见面。你现在已经无法想起幺爷的音容了,幺爷膝下无子,从卢家过继了一个孩子,比你的父亲要小三岁。他二十多岁的时候善于打猎和打牌,脾气也大,经常对爱人拳打脚踢。夫妻俩关系不和,常常吵闹得死去活来。最后一次,他赌气吞下了老鼠药,送到医院的时候需要洗胃,但是他爱人的心早已被日常的寒风吹凉成冰，卢氏兄弟众人也害怕急救不成落下一身的责任和后辈的骂名，迟迟不敢签字，耽误了最佳救治时间。据说，他最后的时刻眼里满含泪水，对着爱人哀求却已经说不出完整的句子，后来被埋在房屋的侧面空地上，幺爷悲痛欲绝，过了三年，驾鹤西去，半年后幺婆婆也追随他的脚步与世长辞。

类似的乌龙事情还发生在你五岁那年，世界在你的眼中已经非常清晰了。你能辨五谷，可以在溪谷间搬开石头翻螃蟹了，能在林中找香菇、竹笋、野菜野果了。婆婆门前有一木杆，有碗那么粗，平时用来晾晒衣被。木杆一侧搭在杏树前，另一侧直接戳在苹果树的怀里。你对树有一种异于常人的先天好奇感，于是爬上树去，用双脚钩在木杆上，上身自然下垂。于是乎，世界倒过来了。万物都俯下身子来跟你亲近。世界原来还可以这样，你的眼神从近处到远处，又从远处归到近处，一种熟悉的坠落感在你的腹部逐渐下移。后来，你不止一次地想要找回那种感觉，一次偶然的机会你才明白，那是你在子宫里的样子。

黄昏过后，大人们围坐在堂屋里开始撕苞谷壳子，苞谷壳像是白色的浪花一样此起彼伏。你无心和他们一起劳作，仅有的新鲜感在重复的动作中被一点一点分解。你在失去了新鲜感之后，纵身一跃，带着清甜的气息从撕下的苞谷壳子中逃离。夜色灌满了整个村庄，你倒垂于木杆之下。月亮从山的另一边突然冒出狰狞的半张脸来，通往山中的小路从黑夜中得到清凉的救赎。山峦融进了银灰色中，草木的阴影牵连成一片混沌的状态，倒映进你眼眶中的湖泊。这时，有一个影子从山前慢慢往前移动，那影子像是一摊停滞的河水，一帧一帧地靠过来。开始你以为是某个爬行的兽类。五十步开外及至跟前，看清了，是一位老婆婆。

来人是你二伯的岳母，因为二伯娘姓曹，村里人都称其为曹婆婆。从此，这个有着九口人的大家庭的日常便更加热闹（鸡飞狗跳）了。两个亲家、两个婆婆、两个文盲之间的战争处处都弥漫着硝烟，原本是女人间的矛盾，但因为女人牵着男人，男人的心理也起了微妙的变化。于是，作为家里的长子，大伯不得不开始主持分家仪式，将家里的粮食、土地、房屋一分为三。但矛盾并未就此消除，反而成为日后兄弟反目的借口。三家人如同三国一般上演着分分合合的闹剧，甚至大打出手，怒目相对，相见如仇人。清晨，你看见大人们肩上扛着薅锄在地里划出一条浅浅的沟来，你总觉得是在皮肤上划开了一道口子。两个大人在争吵，大意是说和昨晚说定的不一样，他们的声音越来越小，所有的鸟鸣和风吹渐渐消弭于耳中，两人你一锄我一锄将口子越拉越大……

两个婆婆在争吵中老去。曹婆婆体弱多病，你时常听见她的"哎呀"声从墙壁的另一边钻过来。晚上不好好睡觉的时候，母亲总会拿这个恫吓你："再不好好睡觉，就叫曹婆婆过来把你抱走。"曹婆婆没有把你抱走，她最终走在了婆婆的前面。曹婆婆去世的时候，你还在山下的小学上五年级，最终也没能见上她一面。堂妹那一年六岁，二伯极不高明地对她撒了个谎："姥姥睡着了。"从此之后，堂妹每顿饭要吃小灶的时代结束了。

那一年，父亲和母亲在河北下矿，你被寄养在大伯家中。大伯没能讨上老婆，和婆婆住在一起。婆婆说，分家封的门又被挖开，曹婆婆的棺材也摆在她家的堂屋里，对此她有很大的成见和怨气，哪怕对方已经毫无气息，她也未曾有过丝毫的原谅。在她的潜意识里，堂屋里摆棺材的那个位置应该是属于她和爷爷的。这是一张脸皮，更是尊严所在。让她没有想到的是，曹婆婆以另外一种鸠占鹊巢的形式夺走了她最后的体面。活人到底争不赢死人，活人最终都输给了死人。行笔至此，你才对"死者为大"多了一点理解。

　　后来，曹婆婆又被埋在自家地里，婆婆更是气愤得不得了，扬言要掘坟。那片地年年种洋芋和苞谷，她心生怨怼，常常有意无意向你倒苦水，说她们娘儿俩常常联起手来对付她。有一次，你见她一个人鼻青脸肿地坐在大门前低声哭泣。她唤着你的小名，把你搂在怀里，痛诉二伯娘的种种恶行，说她把自己按在地上，又是打又是骂。事实的真相究竟如何，已不再重要。前年，婆婆没能熬过那个冬天，和爷爷一样在腊月走了。未曾有过真正的告别，她在睡梦中离开了这个世界。也是一场大雪飘飘扬扬洒在山间，天地一片混沌，因为路途过于遥远，你未能及时还乡守孝，只能在边塞之地买来三公斤草纸，在楼下的花坛边烧去，朝着秦岭的方向叩了三个头。那一刻，没有泪水，四肢冰凉。两个老人的斗争彻底落下了帷幕，两个家庭的争斗也随之尘埃落定。山上只留下二伯一家，大伯远赴东莞进厂，你的父母也在十多年前搬到山下，幺叔在汉中上门。即使矛盾重重的一大家子，也只剩下一缕青烟缓缓升起，偌大的一排土墙房被蚂蚁、蜘蛛、马蜂、燕子占领，墙上的蛛网落满了一层厚厚的灰土，像是从墙角长出的翅膀一样，地面上白中带黑的燕子粪便一遍遍覆盖无言的悲伤。

去年过年的时候，你背着祭品到山上去，小路被荒草所统治。父辈用刀斧从丛林中开垦出来的土地再次回归到丛林。你在想，这是不是另一种生命的归途，从哪儿来，终究要回到哪儿去？你跪拜在婆婆的坟前，婆婆的坟和爷爷的坟合在一起。黛青色的石块垒成的土堆，对着远方的山脊。尘归尘，土归土。心中有一股忧郁，从火纸中生出的橙黄的火苗似乎在印证着什么。两个婆婆，一个埋在阳坡，一个埋在阴坡。你想起最后一次见到婆婆的时候，她正佝偻着腰在扫院坝，高粱扫帚已经秃顶，对着她说话要双手捧成喇叭状她才能听见。那一年你返乡结婚，带着妻子走了一个半小时的山路才爬上山去与她相见。她比曹婆婆要幸运得多，能看见孙媳妇别提有多高兴了。这大概才是婆婆最终彻底放下，归入混沌的原因吧！

那几天，你们住在山上，婆婆还是和往常一样早起，精神头很好，一个八十多岁的老太太还自己种地、砍柴、生火、做饭。临下山前，她把你喊到屋子里说，她最近老是梦到曹婆婆。你说，曹婆婆都已经走了十多年了。她说，可不是嘛，过得快，跟昨天一样。你很纳闷，曹婆婆过世的那些年她从未提及过曹婆婆。她说，总是看到曹婆婆一个人弓着背，脑壳杵到地面，活像一根被柴刀砍断的木桩。婆婆絮絮叨叨地说着，你却想起了当年的那个夜晚。婆婆说着说着，眼里竟然有了泪水，这是你始料未及的，一时之间不知道该如何安慰她。或许活到她这把年纪早已看穿一切，不需要任何安慰又或是任何所谓的安慰都无法真正走进她的内心。她握着你的手说，孙儿，好样儿的。她的手粗糙如砾石，你用另一只手压在上面，似乎终结了一个时代。你没有想到的是，时隔两年你们便阴阳相隔，那次见面竟成了最后一面。

　　山中的雾色渐渐笼罩整个原野，鞭炮声在山的四周回响，鸟鸣藏匿却又生出凄凉婉转之音。这山间的声音可是我们死去的先祖的声音？你一时之间竟有些恍惚，村庄已经不是原来的村庄了。原本被各种家畜充斥的温暖只剩下了空寂，鸡鸭不见了，牛羊也不见了，从山下到山上只见一条小花狗陪着瓦屋场的哑巴女人，岁月的褶皱也爬上了她的脸。你下山的时候想，莫非村庄也已步入暮年，归入混沌？所谓萧瑟的背后实则是为另一种重生埋下希望的种子。几缕消瘦的炊烟归入雾霭，你隐身其中以掩饰满脸的悲伤，却看见婆婆一个人大步流星地往山下走去。那年你七岁，婆婆五十七岁,她潇洒自如地走在山间的小路上。时光往回倒流,半个世纪的差距,她又是何其幸运,刚到五十岁的年纪就已经有人喊她"婆婆"了。

"篇终接混茫"原本是杜甫的诗句。下山,便是把这本巨书合上。再上山,是何年何月,已经无从知晓。"混茫"似乎也指向了我们每个人的结局。回过头来,山上的雾越来越大,乳白色的气流吞噬了整个山体,连同你的童年和岁月深处那些可笑而又可爱的人和事,都消融在白色中。归途,是临近死亡的对视。世界飘浮如云,山路缓和,朴素如禅。

在时间的罅隙中,天地、自我、日月、江河,都归于宁静的旋涡。

光阴的契约、内心的庙宇,最终都会坍塌,坍塌何尝不是另一种意义的重建。

你似乎有一种感觉,时间往前走,而你一直在往回走,越发靠近年少的自己,正一步一步接近摇篮中那个啼哭的婴孩。

大巴山，一段生活史的返场

河　流

故乡在大巴山深处，它有一个比较绿色的名字：松树庙。

故乡还有另一个名字——白沙几乎被年轻的一代所遗忘。白沙，最早叫白沙乡，乡政府的驻地就在松树庙，原本是一条街。白沙乡位于一条河的两岸，聚居着不到百户人家，有银行、学校、商店、卫生室，撤乡以后就保留了松树庙村。村前有一河，名叫白沙河，可以捞出白沙，以此闻名。白沙河汇入岚河，注入汉江，若干年以后南水北调的核心涵养地段就是安康市的汉江。

白沙河，在我父母那年代算得上是一条大河。那时河道有五六米宽，最浅处是齐腰深的水流。捉鱼、钓鱼是他们童年最愉快的记忆。夏天在水中嬉戏，大家用撮箕和石灰浑水摸鱼,随便用塑料水桶在河里一提,小小的鱼苗就爬到桶里来了。按照俗约是不能捕鱼苗的,除非是拿回到家里的池塘。这种原始的俗约让一条河活得潇洒,它清清爽爽地投入汉江的怀抱。十几年以后,在白沙河的上游人们挖掘到一种重要的矿产——硫黄。硫黄具有剧烈的刺激味道,硫黄矿的开采遭到了村民们的强烈反抗。村民们跑到矿上闹事,但矿上各种手续齐全,加上老百姓还要忙于农活儿,路途遥远,也就不了了之了。很快,人们就发现了问题的所在。先是河水变浅了,河床裸露出来,接着是河里的鱼变少了,以前三天就能吃一条鱼,现在是半个月吃一条,后来干脆就看不见鱼了。于是一些恶劣的捕鱼手段开始兴起,雷管炸鱼、电鱼、毒鱼,无所不用其极。在很短的时间里,除了少量生命力顽强的钢鳅外,其他鱼种基本绝迹。

　　白沙河的上游有两条支流,它们在白沙小学院墙拐弯处相遇。硫黄矿开采一个月后,两条小河泾渭分明,右岸是浊黄色的河水,左岸依旧青绿如玉。父亲辍学后就在硫黄矿工作,他的任务是将矿渣从矿洞里背出来,倒在河里。仅半天的时间,河就变得混浊不堪。第二天人们醒来的时候,都被眼前的这种景象给吓傻了。特别是下游松树庙村的那些人，大大小小的房屋依河而建，平常他们的生活用水都是直接提壶到河里打水，妇人们三五成群在河里浣衣，放学后口渴的孩子可以直接双手捧起河水牛饮。右岸的村民开始到左岸去取水，那条充斥着硫黄气息的河流，在一夜之间被人们迅速抛弃。硫黄矿为村民们廉价的劳动力提供了舞台，越来越多的人加入矿产开采的队伍中。人们总是白天对矿上感恩戴德，可当他们看到被玷污的河流时又开始骂娘。特别是那些到河岸另一侧取水的人，每取一次都要问候一下某些人的祖宗。硫黄矿只用了一年时间就开采殆尽，大概在我十岁的时候，我从土墙房的楼顶找出了一块黄色的硫黄，它身上密布着细小的缝隙，像是癞蛤蟆一般的怪物。

开采停止了，一个巨大的伤疤裸露在原野上。没有人再去关心一座废弃的矿，它只出现在人们无关紧要的谈话中。开采停止了，但是那条河流并没有在时间中得到治愈，它混浊的颜色持续了很多年，那一侧的河流逐渐变得瘦小，就连河谷里的石头也开始变成了深赭色。人们一边庆幸自己拿到了丰富的报酬，一边为一条河流感到惋惜。但也仅仅是惋惜而已。

人们开始在山上寻找水源，很快他们凿了井，拉了水管,家家户户都通上了水(主要是指生活在山下的人们,很多山上的人因为地势的原因,依旧以挑水为主)。当人们不再依靠河水的时候,他们露出了可憎的面目。特别是左岸的人，像是得到了另一种解药转而将对生活的不满发泄到一条河中,他们将垃圾就地倒入河中,久而久之右岸的人们也开始纷纷效仿。

　　到我上学的时候从桥上往下看，饮料瓶子、烧透的煤炭、塑料袋等分散在河道两侧,更有甚者将死掉的牲畜也扔至河中。当最初的秩序惨遭破坏之后,就无法再回到起点。一条河的命运也貌似走上了不归之路。我已经无法从母亲的叙述中找到它曾经肥硕的证据,河道还是那么宽,但齐腰深的河水已经成为历史。从硫黄矿流下来的那条河流现在显得更加瘦小，就连青苔也变成了暗红色。像是开了刀的人,总能从他的疤痕中看到模糊的血肉。每次放学的时候,河对岸的同学总能踩着搭石,涉水而过,轻盈飘逸,如幼时用扁平的石子打水漂一样。那时候我在白沙小学寄宿,从学校后门出去,穿过马路,沿着大理石铺的台阶,就能下到河里。寄宿的男同学在夏日的夜晚总喜欢穿着凉鞋到河里嬉戏,那时候的水还能盖过我的膝盖。靠岸的一侧堆满了校园里的垃圾,那个时候人们还没有一种环保意识。校园里每天都会产生大量的垃圾,被我们搬运到河道旁,堆成一个小斜坡,远远看去像是长着一个巨大的肿瘤。

十年后,大学毕业前夕,我从新疆回到阔别的故乡。在安康市坐客运班车,到白沙河口下车。所谓白沙河口就是一个三岔路口,白沙河在这里和从镇上下来的河水一起汇入岚河。持续的轰鸣让人感到陌生,过村的省道被堆满了巨石。车子无法通过,我要走上十公里的山路才能到家。沿途如废墟一般,原来按照有关部门的规划,公路要拓宽重建。建筑公司只能保证每天一个小时的通车时间,其余时间段全线封闭。我徒步向前走去,原先的路已被掩盖或已变道。沿途的耕地残缺不全,山体被炸药夷为平地……

我感觉自己走在末日之路上,地球毁灭也不过如此。人的器官总是会带着某种记忆的功能,我总感觉少了些什么。很快,便明白了,是河水,看不见河水。进村的路全是山崖,那些石头和残渣堆在河谷中,已经把流水的声音给捂住了,像是历经了战争的洗劫。走在这样的路上极费脚力,有的地方只能容下一只脚。汗水很快就浸透了我的后背,前面的路走不通了,三台挖掘机马不停蹄地在作业。等我赶到家的时候,月亮已经爬到了群山之巅。

又过了五年时间,我回乡办婚礼。那年十月我提前回来做一些准备工作,路已经修好,走在路面上很舒服,达到了高速公路的标准。我站在高高的堤坝上,为一条河流感到悲伤,它已经瘦弱得像是山间的一条小溪了,俨然失去了作为一条河应有的体态与尊严。现在的松树庙村是周边六个村合并后形成的,政府在此修建了搬迁后的安居房,改变了原来危房和散居的局面。还有一些人建起了小三层的徽派房屋,村子已经具备了小康应有的模样。河道先是被公路的地基倾轧了一部分,两岸新修的房屋,由于土地有限,也从河道里开始垒起来河身便只有原来的三分之一了,似乎没有人担心一条河流会走丢。河流是宽容的,它拖着疲惫之躯无声地流淌着。汉江依旧保持着它的浩大和美誉,但似乎每一条河流都不愿意重新回到源头。大河的声音变得嘶哑了,流水声穿过瓦缝进入梦乡已经成为过去式。缺了水声,这一夜我彻底失眠了。

我再次站在河堤上,从硫黄矿流下来的河水已经变得清澈了,很少有人知道这次洗白它用了几十年。有人在河里一边打捞垃圾一边用高音喇叭在骂人……

清晨又见到了熟悉的炊烟，幽寂的大地让人感到茫然。曾经的熟悉在村庄中逐渐变得陌生，时间在年轻人的身上加速前进，新生面孔把故乡推得很远。而老人们在时间面前却保持住了足够的定力，他们的面目依旧慈祥，隔了老远，看着背影便能认出这是谁家的老头儿。当他们以耄耋之年回忆起白沙河的模样时，仍然滔滔不绝，宽阔深远只停留在记忆深处，面对从门前经过的河流，他们只剩下叹息，似乎是时间给予的最后答词。他们不会像孔夫子那样发出逝者如斯夫的慨叹，他们只会在说话漏风的牙床中给后人讲述一条河曾经的壮阔。我忽然发现那个人不是别人，正是自己，言语中掺杂着萧瑟过后的悲壮。

路

在乡村，路是一种奇特的存在。对于要致富先修路的说法，我是持保留意见的。路的存在，新老交替，有的路是修出来的，有的路是走出来的。山间缠绕的小路蜿蜒灵秀，柏油路坚挺宽阔。柏油路虽然给我们的生活带来了巨大的便利，但我更喜欢山间的小路。怎么说呢，山间的小路更加接地气，一个在乡下生活的人如果失去了地气，那么意味着他将会失去一切。在乡间从来没有一个人不脚踏黄土，双手沾满泥浆子的。

我们散居在山间，路把我们和土地、森林连接在一起。在乡村生活了十八年，从来没有觉得谁会刻意地去修一条路。当然，在那十八年间也不曾有一条路会荒芜。路，就像是我们的血管和神经一样，一条路牵着另一条路，也连接着乡村的乡俗和乡礼。

我很小的时候，跟着大人们从山上到松树庙去买东西。所有人都背着一个背篓，因为庙沟在山上，松树庙在山下，而白沙河又经过那里，所以从山上下来买东西，方言造就了一个词语：下河。这时，从山上下来的人，碰到半路的人家，他们都会热情地出来打声招呼。

"这是要下河去呀，到屋喝口水哈。"

如果下山的人不仅仅是到松树庙，更是要到镇上去办事，如购物、看病、访友，则会这样答复好客的人家：

"麻烦你了，下一趟河，顺便上一趟街。"

这里的上就是相对于松树庙而言，因为镇政府的驻地在狮坪村，又或者说上狮坪街。特别是街的尾音拖得长长的，带着一份傲娇的味道。上和下在乡间体现了一种语言的自觉，它们遵从了广大劳动人民的意愿，准确、生动、得体。

"那好，那好，回来的时候到屋喝水。"

我们就这样一趟趟地上山、下山，那路日间变得宽阔结实，被我们蹚出来了一条大路。大路，好走，因为走的人多。这貌似是一句废话，却又有内在的哲理性在支撑。请相信我，这并非我故意说教。有大路就有小路，从形态上看小路就没有大路那么高旷了，小路往往会避开沿途的人家。小路虽小，也是颇受喜爱的，只因小路往往是捷径。

小的时候，我们跟随大人们下河。往返要一天的时间，天才麻麻亮便开始起来收拾，下河上街是件体面的事情，少不了要打扮一番。要提前安置好家中的一切，比如猪草至少要多备一天的量，走之前要守着猪槽给猪喂食，要看着它们吃完才能上路。人在一旁监督还有另一个原因，就是大猪蛮横、霸道，会欺负小猪。因外出的时间比较长，人回来的时候天都要擦黑入夜了。走之前，猪食也要提前煮熟，等到人回来再喂。猪喂养在圈里，虽有一米多高的围栏，但要饿到极处，它们哼哼唧唧也是会"猪急跳墙"出来祸害庄稼。自己地里的庄稼倒也罢了，回头骂上几句，再不济抄起木棍子打一顿也能出出气。要是越狱的猪跑到别人家的地里去了，遇到好说话的人，诚恳道个歉也就过去了。倘若碰上难缠的人，没有个三五日休想安宁。

人下河一般是购物为主，下河的人，笑容和喜悦都是挂在脸上的。回来的时候，背篓里塞得满满的。下河的时候全是下坡路，跟着地势，一溜烟的工夫就走完了，甚至是带着助跑的气势，都不需要你自己加速，似乎有一种在北京早高峰挤地铁的体验——人站在那里，随着人群的涌动而发生位移。到了上山时就是另一番风景了，人的双脚开始吃力，速度也降下来了。沿途有专门歇脚的地方，一般是大石头，或靠近山体的一侧有一个固定的小截面，这个截面不大不小，刚好能够解困背上的背篓。人背着背篓靠在截面上，背篓便稳稳地立在一侧。这时候，人便会找个地方坐下来换口气或者抽一支烟，要是找不到合适坐的位置也无妨，一屁股就落在地上。这样的位置一般会选到岔路口，几条小路或者大路在此会合，碰上个熟人，还能谝一阵张家长李家短。说到精彩处，往往哈哈大笑。上山的人仿佛获得了一种力量，趁着高兴，刚刚那股疲惫的劲儿又缓了过来，背起背篓大步大步地向山上走去。站在低处往上看，一个背篓很快就爬上了山顶,再一看,没了踪影。等到家的时候,虽然肩膀上全是竹条的印子,仍是非常高兴。

路是什么时候遭到破坏的呢?

我六岁的时候,庙沟上的人开始到松树庙修路。修了一年,路通到了糖坊里。我们正在教室里听课,班上一共五个学生,来自周边五条沟。我躲在教室里,从窗户上看到了火药爆炸的威力,石块和土块迸溅进竹林里,黄土弥漫的烟雾过了很久才散去。路修到庙沟小学对面,就算告一段落。这一条路修得极为艰辛,庙沟每一户人家都出了劳动力。即使在最农忙的时候,也是自带饭菜,早出晚归。这条路最大的受益者便是糖坊里的商家,路修通后,一车一车的日用品拉上山,其价格在松树庙的基础上上浮。

修路的代价是巨大的,耗费了大量的人力和物力。但所发挥的作用实在是有限,从年头到年尾除了商店拉货和几户有摩托车的人家外,绝大部分人还是双脚走路。从距离上来说,新修的路由于盘道、“之”字拐、地势等原因,又绕长了不少,实在不划算。路修好以后,每临夏季连阴雨,便会出现塌方、滑坡,落石的地方就多。我在想,公路没有修通之前,那些小路从来就没有碰到过塌方和滑坡呢。小路其实并不是人们有意为之,是自然而然地沿着山的褶皱肆意铺展的。

灾难是从修完路之后开始的,先是一位姓张的人家,骑车从山上下来,下坡路为了省油放空挡(实际上并不省油),到盘道拐的时候,车子和人就冲下了悬崖。这个地方在阴坡,平时走的人也少,头天晚上不见人回去,女人也没多想,以为男人是跑出去赌博或者喝酒去了。过了三日,仍然不见人回来,女人就感到心慌,沿途寻人去了。走到盘道拐下面就看见一个男人和摩托车分别倒在路面两侧,石子上有一摊血,黑得像上了一层漆。女人看见黄色的车牌号,瘫倒在地,连滚带爬,哭声撼天。路过的人平时不走公路,听见声音跑过去一看,吓了一大跳。于是帮着在村里喊人,一起料理了后事。村民们赶紧在盘道拐那里请人打了几个水泥墩子。

过了一阵子,到了腊月间,糖坊里的那位商家,开始屯订大量的年货。那次我随父亲去糖坊里背尿素,商家接了一个镇上打来的电话,谈及狮坪街的辣子价格又涨了。话音刚落,商家便宣布辣子的价格再上调两元。院子里的邻居叫苦不迭,前一人还是原价购买,而他仅仅是手慢一会儿,菜都已经称好,只未结算而已。这一年,南方碰到了数年不遇的大雪灾。运输和电力遭到破坏,恶劣的天气导致物价上涨,而商家囤积的物资也是水涨船高。也因商家的频繁运货，在进山的一座土木桥上，因为严重超载，一车货全都倒在河里了，司机被连夜送到了医院，致使村中交通中断数日。

在一个阴雨绵绵的清晨，雾岚尚未散去。我的裤脚和鞋子已经被露水沾湿，当我走过山梁时，一阵巨响吓得我立在原地，丝毫不敢动弹。过了许久，我鼓足勇气，小心翼翼地往回走，却被眼前的景象吓呆了——从山顶落下的巨石砸断了路面，压倒了庄稼地里成片的苞谷，截堵了小河。我暗自庆幸劫后余生。那几日在学校总是能在惊悚中重返现场，一有声响便心里一紧，尚有余悸。多年后，我开始审视当年修路对自然的破坏，或许找到了那次事故的起因。那是一截非常难啃的路，全是岩石层，当年岩石缝中打满了密密麻麻的深洞，塞满炸药，数天才炸出一条平路来。炸药的威力看似已经过去，但伤筋动骨的危害却在日后显现出来。我上大学后，听母亲讲岭上又跨了几次岩（方言，山石塌方之意）。

十多年以后，村庄又发生了一些变化。易地搬迁，山上的村民走了一大半。那条公路也日渐荒芜，前年我回老家结婚，携妻子一块儿上山看婆婆。我担心妻子走不惯山路，便选择了公路，沿途杂草遍生，山石横卧。深陷的车辙辘印已被草木覆盖,路似乎正在以它自己的方式走回到从前。

土　地

土地是农村最大的生态。

庙沟属于山地,且有着一定的海拔。一年只能套种一季的洋芋和苞谷,仅能养活一家人。特别是大集体时,按出工算工分,捉襟见肘是常有的事。

包产到户以后,贫瘠且有限的土地并不能满足需求,父辈们开始拓荒。我曾经和他们一起开垦过两亩地。先用斧子和镰刀将丛林中的树木、藤蔓、杂草等全部伐掉,再用锄头将地翻一遍,这活最费精力,手掌不脱一层皮很难完成,尤其是锄断地下盘互交错的树根极为困难。完工后还需将地里的大石子悉数捡出。头一年的地,没有肥力,要烧荒。将枯草、苞谷秆、树根盖上一层土浅埋地下,点燃,青烟直蹿云天。三五天后再将土扒开,燃过的灰烬便是上等的肥料,种出来的洋芋光泽亮丽,苞谷饱满结实。

土地带来的收成有限,作物单一,而男人们则有使不完的力气。他们会将犁地、播种等重活在元宵节前忙完,再另寻一份活路。下煤窑曾红极一时，高收益与高风险并存。不到几年，坡上垒起了不少新坟。一家人的开销寄希望于男人，要是家里老人孩子再有个三病两痛的，日子便更难过了。女人们便在家畜上下功夫，比如多养几头猪，那些年也没卖上好价钱。一年到头细细算下来，加上猪吃的粮食，还亏着本呢。春秋两季养蚕，要看天吃饭，碰上连绵的阴雨天便自认倒霉，带雨水的桑叶会将所有的汗水付诸东流。

农业税取消后，开始搞退耕还林。我们家开出来的两亩地刚刚走上道又要还回去，父亲意见很大。后来又提出搞经济林，给每一户都划定了指标，有茶和核桃。我们选择了种茶，核桃树苗死于头一年冬天。此后几年花样层出不穷，种果树、草药、草莓、甜瓜等，几乎一年一换，来一个领导就换一个新的主张。村民们也明白了，啥也种不成器，还是老老实实地种苞谷和洋芋吧。

真正的改变是近几年。也不知道是谁牵的头，庙沟开始大规模地种植烟草。我的二伯就是其中之一，我们从山上搬到山下以后，除了茶林，二伯还种着我们家和大伯家的地。三家的地，他一个人种肯定是种不过来的。烟草来钱快，但一点也不比种地轻松。特别是到了最后炕干的时候，不是一般人能忍受的。二伯忙不过来的时候也会请母亲上山帮忙，母亲什么苦活累活脏活没有干过。从山上下来后，母亲说这钱也不好挣，在铁皮房内要耐受住高温，别的不说，光是烟草所释放出来的那股味道就让人很不适应。当然，这跟母亲闻不来烟味有关，因此我们家放弃了种烟草。

有一年七月我回到故乡，走小路上山。我看到成片的耕地上不再是熟悉的庄稼，而是密密麻麻的烟草，它们的叶子肥硕宽大，像是无数个黑洞在吞噬着脚下的这片土地。我突然之间感到异常害怕，如同走在插满尖刀的阵地上。二伯和二伯娘也是异常繁忙，吃完饭碗都来不及洗就下地了。原本沉寂的公路却日渐在轰隆的汽笛声中沸腾了起来，我站在山梁上看清了，是寨子上的王家从镇上拉了一车的玉米用于喂猪。原来村里人早就不种庄稼了，一门心思全在烟草上，这些人家都在心里面铆着劲儿希望能超过别人。我一时有点恍惚，当土地不再种植粮食，一种危险就会靠近，这或许跟我小时候家里穷吃不饱肚子有关系。我一个人在山上转来转去，越来越陌生。水井路那边有一户人家以前房前屋后都是果树，每到夏季把人眼馋得不行，如今早都被砍光了。或许在他们心中，外面拉来的水果又大又甜，想到这里我有点哭笑不得，仿佛看见一个人守着绿色天然的财富却非要吃城里的添加剂。朴素善良的人呀，他们又怎么会知道,那些运来的食品和水果全是农药和防腐剂的成果呢。这并不能怪他们，穷困多年的生活让他们在看见一束光的时候就已经陷进了欲望的深渊,这本身无可厚非。

晚上二伯从地里回来，一屁股坐在门槛上抽烟。我问他："三家的地你一个人种得完吗？"和二伯交谈，我才知道我对烟草的认识浮于表面。烟草对土地造成的破坏巨大，每亩地要用大量的化肥才能让烟草长得葳蕤。为了养地，种完烟草第二年就不能再种了。要把家里的农家肥放到地里去，即使这样，长出来的草也都是黄苗子。二伯把三家的地集在一起，循环着种。在山上待了两天，我大致摸清了整个过程。种烟草对土壤的危害确实超过了我的想象，大量的化肥进入土地，破坏了土层结构。我们家过去有一块肥地，每年挖洋芋的时候,总能翻出一些蚂蚁、蚯蚓、蛴螬等。种过烟草的地翻过来这些物种基本绝迹。阴坡下有一块地，地旁边有一棵大核桃树，靠近山根的地方有一个小小的沁水坝，一根烟粗的水流，种过烟草后那水便变成了浑黄的，里面像是谁丢了一截吸剩的烟。再一看核桃树叶子都打着卷。在这块地的下方是李家的茶园,这个茶园比我父亲的年龄还大,一个冬季过后就再没返青。记得有一年冬天,冷得出奇,茶园里却开着白色的花朵。

　　烟草公司要等人把烟草炕干了以后才过来收货,家家户户门前都建了一间蓝色的铁皮房,用来炕烟。山中无煤,炕烟用的柴火二十四小时不能间断,两口子便一个在地里,一个在山上砍柴,一个守前半夜,一个守后半夜。从院坝里朝南看,那片树林像是脱了外套,皮肤全露出来了。因为炕烟需要大量的柴火,先辈留下来的砍柴传统被彻底击溃。原先到林子里只能砍坏死的树和枝丫,显然树木枯死的速度无法满足炕烟的需要。哦!那户人家的果树应该是炕烟用了。

　　土地对所有人开放,种烟会停下吗?

　　日渐残破的土地呀,正在一声声地唤醒那逝去的灵魂,可它又真的能唤醒那些人吗?下山后我从菜园里拔了一根萝卜,嚼起来格外清甜。

　　相较于城市,乡村是一个自然属性更强更周密的生态系统。河流、道路、土地并不是在朝夕之间发生了改变。其实我们认识自然、改造自然的能力很低,但对生态环境的依赖却又是不言而喻的。当河流、道路、土地回到它们本初的模样,当我们放下世俗的欲望,良好的生态才会从荒野中走出。

韭 菜

雪从秦岭北边吹过来,我和婆婆站在院子里,看着白色的线绒雪团一层一层地往下掉。婆婆望了一眼天,说:"这雪没有三天怕是不会停。"我跟在她身后,也学着她的样子把头一歪,却怎么也看不出雪要下三天。

我们朝水井路走去,那里有块薄地,三角形,斜边的一侧靠着山崖,三十多米高,站在地边边上脚心出奇地痒,身体控制不住地往前倾,却又按捺不住地往下看。这块地不大,十来个平方米。我和婆婆要用镰刀把这些韭菜全部割掉,再从苞谷地里抱一捆干枯的苞谷秆铺上。等到开春,冰雪融化之际,趁着无风的日子,一把火烧了好做肥料。隔年新冒芽的韭菜在板栗木做的案板上剁碎,敲两个母鸡新下的蛋,清水在柴火里烧开,匀速搅拌后倒入锅中,隔着老远就能闻到新年第一股韭菜香。

婆婆是个独立的人,到了生命的最后一刻也没怎么麻烦子女。婆婆是在睡梦中走的，没有惊扰任何人，最后一顿饭仍是自己在做，地里收回来的庄稼码得整整齐齐。婆婆不喜欢别人给她照相，相片洗出来她吓得要命，说什么惊扰了她的魂魄。婆婆从不用肥料和农药，她不识字，也分不清尿素、钾、磷这些陌生的名称。分家时婆婆坚持要了三亩地，一个人种了三十多年，谁也没有想到这个老太太能种那么久。

婆婆走后，韭菜地归了二伯。二伯娘嫌那韭菜太细，天上飘过一阵乌云，眼看雨就要滚下来，她赶紧把各种肥料掺在铁盆里，拔腿就往水井路上跑。这些年，在农村大家似乎都认定"买来的东西就是好的"这一铁律。外面运进来的水果又大又甜，蔬菜棵棵匀称而有光泽。尤其是味精和鸡精成为农家炒菜的神器，菜做得再难吃，只要有调味品准能反败为胜。二伯娘看着地里的韭菜苗茎叶粗壮，想是化肥起了作用，过了几日兴冲冲地跑到地里却傻了眼，韭菜只要稍长一点，垂到地面一律煜黄如枯。二伯娘以为是化肥用得过多了，韭菜承受不住烧死了。她把地里的韭菜全割了，掺在萝卜拌猪草的猪食里。三天后，圈里的两头母猪、一头小猪，无一例外开始拉稀，屁股上一抹藏青色的痕迹被猪尾巴甩来甩去，特别刺眼。看到猪开始拉稀，二伯娘立马重视起来。养母猪是件很划算的事,油厚,肉香。本地猪都不喂饲料,大家自己养自己吃。两头母猪就是一个现成的存折,一窝能下十来只猪崽,满月以后一只崽能卖两百多块,比种地划算。二伯娘给猪调了伙食,猪草换苞谷面,见三头猪吃得欢实她心里才踏实。等到下午干完活儿再回来的时候,三头猪没有叫唤着要食,也没在猪圈里活动,她心里感到不对劲儿。一看,三头猪卧在苞谷秆垫的窝里,无精打采。二伯娘心疼猪,伙食再升级,萝卜换洋芋。过了两天,猪不再拉稀了,二伯娘高兴了一阵。下午再去圈里喂食的时候,稍大的那头母猪后面两只脚却站不起来了,经验告诉她问题很严重。赶紧站在院子里扯了几嗓子把正在地里锄草的二伯喊回家。二伯也搞不清是什么原因,死猪当活猪医,从瓦屋场张家割了仙人掌,戴上尼龙手套,弯刀去刺,剁碎了,给三头猪灌下去,能不能活全看造化。事实证明,三头猪确实是中毒了,稍大的那头猪头天晚上就死了。天麻麻亮,二伯背到上万里给埋了。

当我再次回到山上,回到那个叫庙沟的地方,二伯还用着当年的猪圈。问起婆婆的韭菜地,二伯说那块地太薄了,只有半锄头深的土。韭菜黄了之后,那块地就荒了。

雪花簌簌而下,路过水井路,我看见韭菜地里零星的几簇韭菜又变回了以前的模样,被冻伤的部分格外醒目。再也不会有人抱来成捆的苞谷秆盖在地里了,我望着天空,依旧看不清它到底要下几天。二伯娘站在院坝里喊我回去吃饭,红漆小木桌上是韭菜炒鸡蛋,韭菜是从镇上买回来的,叶子又大又宽却味同嚼草。

野　猪

出去解手,回来就发现父亲不见了。问母亲,说父亲到大湾里守夜去了。见我纳闷,母亲说,这两年野猪闹得凶,不去守着不行。去年我们头上王家地里的洋芋被野猪拱得差不多了,最后只挖了不到半背篓的洋芋。父亲气得满山坡骂娘,那半背篓洋芋也没背回去,都是乒乓球大小,干脆倒到地里头,诅咒野猪撑死。今年他们家再不种地了,那野猪就拱到我们地里来了。

天亮了,父亲才回来。刚在床上躺了一会儿,就有人过来买竹子做背篓。来人脸生,却又像是在哪里见过。我端了两把木椅,他们在院子里晒太阳。我进屋洗茶碗、烧水、泡茶,出来靠在门边上听他们聊天。

"昨天晚上又去守野猪了？"

"你咋晓得呢？"

"嘻，听你敲了一晚上的薅锄，把我的春梦都给搅黄了。"

"那多不好意思，竹子你自己去竹林里挑，随便砍。今年野猪闹得凶，你去守，它不来。你一放松，它一扭头就把庄稼给拱了，你说气人不气人。"

"说起来也怪，野猪嘴还挺挑，它别的不吃不拱，瞄准了一样专搞洋芋和苞谷。"

"是蛮怪，以前的时候，也没有见到野猪这么凶，现在野猪的胆子不得了。"

"你这样守也不是个办法呀！"

"那有啥法呢？野猪现在是国家二级保护动物，珍贵着呢。只能骂，不敢打，打死了要吃牢饭的呢。"

"那是呀，也搞不清是什么状况。新闻里说有的国家野猪都快灭亡了，但在我们这里就是一个祸害。前两天隔壁村，五队山头头上姓唐的那户人家，你晓得吧。"

"怎么不晓得，就是屋后头有一棵一百多年的板栗树的那家嘛。"

"对对对，就是那家。说是野猪半夜跑下来，结果拆翻了石板围的栅栏,跑进去在一头母猪的屁股上咬了两个大洞,给咬死了。"

"这是啥世道,都是猪,相煎何太急呀!"

"还有更厉害的呢,上个月的事情,山上的野猪跑到安康城里边去了呢。野猪都进城了,今年我连县上都没去过,野猪比我混得要好呀。哈哈,这两年野猪凶得很,以前也没见野猪这么多呀。我看就是这两年才慢慢多起来的。我们十七八岁的时候跟着长辈们扛着猎枪到山里头打猎,翻几座山都遇不到一头野猪。"

"说明生态环境变好了,野猪都跑回来呢。哈哈!"

"噫,你再想,现在我们山上稍微有点本事的人都进城了,留下一些孤寡在屋里头也种不了地。只能兴(方言,种植的意思)点平常吃的菜。过去野猪在山边边的地头上,大家收完庄稼,那野猪出来在地里头刨没收干净的粮食,互不干扰,对吧。但现在情况确实不一样了,山上没有人种地了,地都荒了,它只能从山上跑下来拱你们家的庄稼,饿急眼了嘛。哈哈哈,你说是不是。"

"你说的也对,现在的野猪都变聪明了。我们在山上的时候,做个稻草人,野猪、野鸡、野兔子都不敢往地里跑。现在的野猪先不先（方言，首先）把你做的草人给放倒，这是啥意思，示威呢，你晓得不！"

我中途给客人和父亲的茶碗里加水，想着他们说的话，一走神，水溢出来了。父亲喊："你想啥子呢，水都倒出来了。"

我赶紧把手里的壶放平，只是野猪与庄稼的矛盾似乎并没有两全之策。

帮着客人砍了竹子，人送走以后，问题依旧没想明白。想得脑壳疼，晚饭时，我劝说父母不要种地了，遭到他们一致反对和训斥。

夜深了，我跟父亲一起去湾里守夜。静默的夜色中大地黑得极为密实，头顶的星空闪烁着几万光年之外的光芒。我们每隔半个小时，就用木棍在薅锄上敲击，时快时慢，无聊而又枯燥。关了手电筒，四下看不见对方。有一丝胆怯，周边稍有响动立马警觉起来。

一夜无果。几天后我在返回新疆的路上看到父亲微信发来的照片，还没长成器的洋芋还是让野猪拱了，我哭笑不得，竟不知道该如何去安慰日渐衰老的父亲。

烧 山

五岁那年的一个晚上,我和父母躺在床上,头倚着靠窗的一侧,静悄悄的,只能听到他们的对话。我抻着脖子数天上的星星,突然母亲尖叫了一声。其实在她尖叫的同时我也发现了,只不过五岁的我在语言反应上还没有那么快。父亲说:"星星屙屎了。"是的,这是最为形象的说法。天空中那颗星星大约闪烁了半分钟的样子,我还没有数到它跟前就被它吸引住了。星星闪烁得极快,肉眼看到一个火红色的小球从高空坠落,借着模糊的月光,我们看到它落在了上万里,山前有我们一块地。说来也奇怪,火球落地以后就熄灭了。父母仍在讨论着,我只记住了父亲的一声叹息,说星星屙下的屎,一碰到火光就会燃烧,搞不好那座山有一场火光之灾呢。没有想到的是,父亲的话一语成谶。

一年以后的夏天,我跟着母亲到上万里的地里打土疙瘩。所谓土疙瘩就是牛耕过地以后,翻过来的大土块,前一年的苞谷秆的根部还深深地嵌在土里,需要用锄头把上面的土敲碎,把它们理出来,然后火焚为肥料。忙了一上午,土疙瘩终于打完了,母亲又用柴刀将地边边上的野豌豆藤蔓薅到一起准备烧掉。母亲用打火机点燃了藤蔓，当时并没有风，仅是一瞬，火苗像是着了魔，顺着烟雾就蹿到地边上去了，火舌越过三丈高的石崖，母亲还没有明白过来咋回事，那火顺着崖奔向林子里去了。母亲试图扑灭，却无法攀过那段石崖。母亲焦急地丢给我一句："赶快回去喊人扑火。"我不知道是哪里来的勇气，一口气从地里跑到院坝里，喊道："大伯、二伯娘，着火了，着火了，上万里。"他们抄起家里的锄头从另一条路往山顶跑去。我继续在院坝里大声喊道："上万里着火了！上万里着火了。"我洪钟般的声音至今回想起来仍觉得不可思议。在地里干活儿的人也闻声而动加入灭火的队伍中。

大火是在下午被扑灭的，火势达到数丈之高。石崖往上的密林深处尽是碗口粗的树，空中不时传来噼里啪啦的撕扯声。众人散去后，母亲一个人瘫坐在山顶，陷入了深深的愧疚和自责中。夕阳的光从山的背后投射过来，焦了的云霞不断渲染着大地。当时父亲正在镇上的另一条沟里帮姑爷干活儿，知道消息的时候已经是下午了。母亲失火的那片林子是艾蒿堡夏家的，晚上我们一家三口登门道歉。到了夏家，具体是怎么谈的，我脑海中没有任何记忆。我知道的是，事后母亲挨家挨户上门致谢请大家在院子里吃席，农忙过后，再请人将烧死了的大树放倒，锯成一截一截的从上万里背到夏家柴房前，这项工作持续了数月之久。冬天，父亲又将我们名下林地里的树苗挖出来移栽到上万里。

令人意想不到的是，一开春，有一些被烧死的树木又开始重新返青了。放学以后我跟着放羊娃天天往上万里跑，大路两侧堆满了羊屎蛋子。土层上还能看到被灼烧过后的黑色印记，和周围山林的唯一区别是，它们只有一层落叶。

新冒出来的峨眉贯众、肾蕨、荚果蕨、槲蕨、紫萁各自撑起了一片天空。嫩叶卷曲着春天的恩惠，外面被白色的茸毛包裹。叶子渐渐长大，叶柄上摇摆着深绿而美丽的羽状复叶。在它们身上看不到一丝痛苦和伤痕，它们优雅地舒展着天地气韵。要是母亲看到这一幕，定会心生温暖。烧山过后她有一阵子变得沉默寡言，每逢初一和十五就提一刀黄纸往观音庙跑。在她心里烧死的又何止草木。母亲没什么文化，她只能借助于神的超度以求内心的宽恕。

蕨类在我们当地又叫"拳菜"，春季刚冒芽的时候摘掉喂猪。有一阵子常有外地商人过来收购，村里人没想到还能卖钱。相较于竹笋和菌菇，拳菜算不上美味。它最大的作用就是茂盛之时被镰刀割掉。人们用葛藤捆成一捆背回家，倒在猪圈里给猪做窝，第二年就是农家肥。"处处儿童采蕨，纷纷幽鸟营巢"仿佛并不是我们那儿的写照，后来又读到"陟彼南山，言采其蕨"才算对蕨菜刮目相看。而"何州有隐逸，河山富薇蕨"又让采蕨成为方外之人追求解甲归田的一种象征，过去离我们很远，现在又很近。

夏天的时候，那座山完全恢复了往常的模样。自然的修复能力常常让人吃惊，站在地里往上看，青葱葳蕤，已经很难让人把它和那场大火联系到一起。我终于从母亲的脸上看到了一丝平和。又过了三年，村里放羊的那批辍学的孩子终于混到了可以出门打工的年龄，漫山遍野的羊群在村庄逐渐成为历史，成为老一辈人的谈资。年轻的一代在教育孩子的同时，那句"不上学就去放羊"的话也从人们的嘴中消失了。

羊群的消失让通往山林间的小路迅速变窄了，草木似乎是在一夜之间重新夺回了属于它们的封地。山间没了羊群，只剩下一些老人帮着家里砍柴。他们脸上爬满了皱纹，羊道过后留给他们的只有崎岖和无尽的叹息。后来我一个人到山里去找香菇，幽深的鸟鸣时常让我感到恐惧。我在山里还发现了鹿茸草、天麻、黄连等药草，而柴胡和蒲公英即使在路边也能寻到。西医尚未普及之时，风寒感冒村民基本能自己采药治愈，如今似乎已经离不开打点滴了。

随着退耕还林和取消农业税政策的落地，母亲也放弃了上万里的那块地，改种茶树了，茶树小的时候她趁着空隙套种豌豆和青菜，结果有一多半都让野兔给吃了，她也不恼。我上高中以后，我们搬到山下。母亲每年只有清明前采茶的时候才去一趟上万里。不知道在她心里，是否原谅了当年的自己。

煤　炭

上万里是块阴坡。路边边上挖了两口水井，都不深，一米见方的小坑。其中一个水坑因为牧羊遭到毁坏，另一个水坑里的水只能用来洗衣服。水面上常有一种八脚的虫子爬来爬去，长辈说水没毒，就是人畜吃了容易闹肚子。久而久之，第二口井也逐渐荒废，长出了一笼一笼的水草，蝌蚪在其间游来游去，但始终没见到过青蛙，或是青蛙过于警觉。

　　一场雨水的到来改变了这口井的命运。持续的强降雨使得水井前的斜坡裂开了，大伯路过后发现缝中隐约有一团黑色，他怀疑是煤，取了一块拿回家放到地炉子里。好家伙嘛，简直是难得的好煤，没啥刺激性气味，而且比炉中的煤燃得更持久。如果水井里真的有煤那就解决了大问题。

　　过去村里用煤都是村民自己去深山老林找那些裸露在表面的煤，陕南不像陕北有那种脉比较深的矿。村民往往是这个山头敲点煤，再去另一个山头碰碰运气，有时候一连好几个月都没煤，地炉子就歇着。也就是跟着几个伯伯在山间转来转去，让我的胆子变大，即使一个人也敢深入山林了。有些地方连路都没有，只能容下一只脚，旁边就是深不见底的悬崖。附近的山林里，只要是有石头和煤的地方，就被炸药炸过。

　　那时，炸药管控得还不严格。外出下矿的人都能弄点炸药、雷管、导火线回来，装到蛇皮袋子里在火车上挤来挤去，再背回家，现在想想真是后背发汗。兄弟四个说干就干，一个星期后，第一背篓的煤开出来了，质量上乘，可能是我们家到今天为止烧过的最好的煤。晚上一大家子围坐在一起，眼睛都盯着脚下的地炉子发呆。每个人的眼里都有光，无疑对于这次开采的煤大家都是满意的。于是，大家从楼上拿出板栗、核桃、苞谷，烤在炉子旁，焦黄里渗透着粮食的香味和无尽的喜悦。

一个星期以后，我放假了，跟着父亲到了出煤的地方，根本无法辨认从前这里是水井。而我还天真地问大人们："蝌蚪呢？"他们说："蝌蚪长成青蛙跑了。"在水井的基础上往下挖了一条大概三米深的地沟，整个形状好比一个汤勺。一根木板搭在深沟的两侧，大伯和二伯在下面一个往里挖，一个往外递废渣，父亲和幺叔则依此向洞口排列，流水线操作。要想挖一背篓的煤，就得出五背篓的废渣。竹编的撮箕在弟兄四个人的传递下用坏了一个又一个。废渣很快堆成了一座小山，把斜坡上的草木给掩埋了。

开采断断续续不到一年，大大小小的煤块被背回家，堆在泡桐树下。村里人看到我们的煤好，提出购买。那时候卖得是真便宜呀，隐隐记得五十块钱就可以背走一大堆。这是父辈人生中最快乐的一年，这一年再也不用到处去山上找煤了。也有一些眼红的人等到夜深人静的时候去偷煤。大伯最担心的倒不是煤被偷，而是挖得过于深，万一偷煤的人被埋在里面就麻烦了。他们放出话去，但村民却不这样想。直到有一次，大伯晚上起夜，站在椿树下方便的时候，总感觉上万里有动静，拿起手电筒就往那边走。刚从岭上转过去，就看见一个黑影慌不择路地背着背篓跑了。大伯似乎已经认出了那个人，同是一村人，他并没有去追。他转身往回走，没走两步就听见"轰"的一声，煤坑坍塌了。

一个月以后，一场连阴雨下了十多天。人都不敢下地，地里全是一包汤，大人们天天心里生火，叹息洋芋要烂在地里了。村里多处出现滑坡迹象，沟里的水把路冲垮了。听说镇子上有的人家在睡梦中连人带房子都被冲走了。家里人开始轮值守夜，村干部也开始动员大家转移到学校去住。就在此时，雨水停了，太阳终于出来了，地里的土像是发酵了的面团一样，一脚踩出一个大窟窿，土上浮着一层奔跑的白雾。人们穿着雨鞋，地里的洋芋只收回一半。

等我们再转到上万里的时候，滑坡落下的石头和泥巴已经把煤坑完全填埋了，像是从来没有发生过什么一样。父辈们似乎读懂了自然的启示，他们保持着农人身上的朴素，遵从自然给予的警示，没有一丝惋惜就放弃了那个出煤的地方，替代他们的是花柳木、枫树、松树。自然力量，对环境有着多重优越性。几年以后的秋天，我再次路过上万里，远远望去像是有一把火在燃烧。那是他们留给子孙的一张底稿。

胡 蜂

我回到村里的时候，母亲已经从镇上的卫生院回到了家里。

母亲是被胡蜂蜇伤的。胡蜂在我们村里被称为"蜂子"，小时候母亲就告诉我蜂子分两种，一种是甜蜂，也就是蜜蜂；一种是伤人的蜂子，也就是胡蜂。我第一次跟着母亲去大舅家的时候，大舅就养着蜜蜂。那时候胆子大，还能徒手捉着蜜蜂玩，只要不威胁到其性命，蜜蜂也不会伤人。即便被蜇，母亲也能从皮肤里把毒针挤出来。

三年级的时候，有一个中午，吃完饭后我们几个寄宿生在校门旁的棕树下打乒乓球。突然被一阵嗡嗡的声音所吸引，成群的蜜蜂在操场的上空织成了一张密实的蜂网。胖胖的余校长听到声音后，从房子里出来提了一桶水爬到二楼。教师的住房在上坡路上，是整个校园的最高点。我们回到教室里趴在窗户上看，余校长把水泼在蜜蜂身上，没起到任何作用。更多的蜜蜂加入队伍之中，数以万计。上课铃声响了，我听着课，心里仍想着外面的蜜蜂。下课后我抢在老师的前面跑出去，蜜蜂不见了。后来得知是余校长喊来旁边的柳家人，让他们把蜜蜂给招走了。至于是怎么招走的，不得而知。那天下午，同学们都不敢去柳家买零食。他们把钱塞给我，让我代买。一毛钱一根辣条或一张辣皮，买回来之后都要撕下一点算作跑路费。当我跑到柳家货柜前的时候，肩膀和后脑勺上飞舞着蜜蜂，我还不自知，柳婆婆用草帽子才把蜜蜂给掸走了。我手上拿着辣条，看到柳家男人只用了几个大木桶，那些蜜蜂就乖乖地进去了。多年以后，我的一位朋友在深山里只干两件事：种茶和养蜂。那真是蜜一样的日子呀，甜，羡慕！我是到了晚上才发现后脑勺有五个肿起来的包，痛得难受，不敢垫枕头，头靠在床板上，针一样往肉里钻，毫无规律，清醒得难以入眠。

　　现在想来，幸亏是蜜蜂，要是让胡蜂蜇了的话就没那么幸运了。我八九岁的时候在村子里能经常看到胡蜂窝，有一年说起来别人都不信，村子里最起码有二十个胡蜂窝，最大的胡蜂窝比水桶还粗。胡蜂往往选择在粗树的枝丫上筑巢，灯笼一般挂在树梢。童年无知的时候还常常用石头扔向蜂窝，以此取乐。大多时候，胡蜂和人和平相处，互不干扰。胡蜂筑巢的地方往往都在几十米以上的树杈，但也有把窝筑在房梁上的，等你发现时它已经有碗那么大。如果不人为干预的话，要不了多久便能膨胀成水桶那么大了。白天人根本无法同胡蜂战斗，只能等到夜深人静的时候，全身包上塑料纸，用火烧了才行。土墙房的大门都是取自山间的实木，最易招惹胡蜂。我常常坐在门槛上，看见比蜜蜂大出数倍的胡蜂在头顶的木板里钻来钻去，胡蜂钻过的洞口平整而圆滑，木屑就斜飘着落了下来。

　　进入冬季，胡蜂便无法逃过灭亡的命运。胡蜂筑巢的窝可以用来治病，到了冬天，我们就爬到树上去摘蜂窝，拿到镇上的中药房换零花钱。那些年很少听到胡蜂伤人，在农村我们笃信没有任何动物会主动伤人，即使跟前有一条蛇，你只要站立不动，它就会自动离去。上了初中以后，基本就很难见到大一点的胡蜂窝了。所以当母亲跟我说起被胡蜂所伤的时候，我先是一愣。后来看新闻又吓了一跳，不到两个月的时间，安康市各级医疗卫生机构共接诊胡蜂蜇伤患者五百八十三人，光我们村就有两人死亡，这在过去是难以想象的。这一年位于秦岭腹地的安康、汉中、商洛等地连续出现胡蜂蜇人事件，累计蜇伤人数一千六百四十人，死亡四十二人。陕西省公安消防部门紧急组建了灭蜂专业队伍，一天之内就摘取胡蜂窝近三百个。

胡蜂袭人的背后有很多原因，我想和生态环境的改善有莫大的关联。退耕休耕，植被得以喘息而日渐茂盛，给胡蜂生长和繁殖创造了稳定的环境。在村上发给每家每户的胡蜂简介中我看到，安康市常见袭人的胡蜂就达到二十五种。我小时候听老辈人说过一种虎头蜂，生活在深山老林，有成人大拇指那么大，人被蜇后即刻丧命，牛也抗不过两针。那时觉得他们是在诓人，现在想来后怕。

安康胡蜂一年大约能繁殖三代，近几年几乎每到夏季都会出现伤人事件。其实胡蜂是益虫，主要捕食鳞翅目、膜翅目、蜻蜓目等昆虫的蠕虫。每只胡蜂可捕食上千只的苍蝇和害虫，一个蜂巢可控制五千亩森林免遭害虫危害。然而和母亲一样劳作的农民并不知晓，究竟该怎样与胡蜂和谐相处，该怎样让胡蜂远离村民去树林里生存。人类和大自然之中的其他物种究竟该如何相处，这是摆在我们面前的一道生态考题。

大巴山是中国生态史"现在进行时"的一个侧面，当自然回到了属于它们自己的色泽之时，正如我们在湖中看见了自己的眼神。我们在目睹自然变化的同时，自然也在目睹着我们的变化。每一株树，每一根草，每一块矿石，每一只胡蜂，都是大地的语言，而它们的故事才刚刚开始……

柴

大巴山长在我的心里，故乡的一草一木、一石一溪如掌纹一样刻在我的手心深处。大学毕业以后，每年能回到山里的日子两只手都能数得过来。

我是中午回到村里的，原先崎岖的马路依然崎岖，却宽阔了不少。车子翻过冯家梁的时候，雪还没有化，轮胎轧在雪渣子上发出不安的声音。雪上拓印了无序而质朴的纹理，山的阴坡晒不到太阳。雪越积越厚，承续着初冬时的秘密，有一种不安的情绪在耐心生长。

我为朋友的司机捏了一把汗。太阳刚翻过村里搬迁安置点对面的山头，我们从市区走了两个小时，终于到家了。

我让母亲提前做好了饭，菜就一直围在红铜炉子旁。今年母亲没种地也没有喂猪，出门打工不到半年，我弟因为发病又不得不折返回来。她从幺姑手上买了一些腊肉，用全瘦的猪腿上割下来的瘦肉炒了两盘菜，一盘腊肉酸笋子，一盘洋芋片炒腊肉，拌了一盘豆腐乳折耳根，打了一个西红柿鸡蛋汤。吃饭时才知道司机是个信佛之人，只吃素不吃肉，我心里咯噔一下。他一筷子一筷子地搛着竹笋和洋芋片，不断地称赞柴火饭香。心中有佛的人，眼里才有佛，看世间万物都是慈悲。吃完饭，喝了两口茶他就驱车返回市区，这一天基本也就结束了，我也没敢多留。

我送他出门的时候，住在山上的王老二正在劈柴。他年轻的时候是个帅小伙，有一手漂亮的木匠手艺，可惜后来木匠这个行当逐渐消失，他也逐渐老去，秃顶，仅靠着后脑勺上的几根长头发盘在一起。我回乡结婚那年，从山脚往山上走去看婆婆，正好遇到他在车路跟前的林子里砍树，到跟前的时候，他已经放倒了一批。我们没有说话，他的眼神呆滞，只是抬头看了我们一眼，又蹲下身子拿起斧头砍起来。或许刚刚这一眼，只是为了确保倒下的树木不会砸到人吧。岁月让他变得沉默也让他变得麻木，在他所放倒的树中，绝大多数都超过了他的年龄。他沉浸在自己砍伐的节奏中。那似乎是一个围城，他走不出来，也没有任何人能走得进去。

车子从王老二的身旁经过,他依旧没有抬一下眼皮。电锯子把粗大的原木锯成了书本长短,再用斧头从中间劈开。落在地上的锯末散发着潮湿的气息,那些木头还没有完全长大,它们原本要活到朽木一般的年纪,接受自然的规律,自然而疾,奔赴死亡。或者它们会成为上等的家具或用具,同样是木匠的一双手,同样的刀斧却走向了另一个极端。年轻的木头甚至还没有来得及晾干,就要被送入火炉中,木头体内的水分与火苗对抗发出吱吱啦啦的声响。炊烟顺着红铜炉子旁的导管排出,黢黑的水渍落在门外的水泥面上,看上去像是一团乌黑的血迹。时间长了,那黑色顺着水泥缝不断往地下深处浸去。

一幅奇怪的画面在我的脑海里浮现,似乎被放入炉子中的不是木头,更像是一根根变了形的卷烟,它们扭曲的面孔在炉火中挣扎,撕扯。这些短命的木头,如在外下矿的年轻人一样,生在山林间,长在山林间,最终的归宿都指向灰烬。一部分烟雾在空中被风吹散,一部分冷却后变成黑色的液体垂落在地面,形成一个泛着暗光的肺,都带着啼血的呼吸。

我们家也烧着柴火,炉子对面堆的也都是一些死去的马桑树,树皮在岁月的风蚀中消磨殆尽,树骨裸露在外,写满了雨水冲刷的印记。这或许才是一棵树的真正归途。我并非站在道德的制高点上。大伯上了年岁，走点上坡路都气喘吁吁，他只能从那些老死病死的树木下手。而母亲要照顾我那多病的弟弟，十六岁时他突然间变成了一个疯子，整个人一下子回到了五六岁的状态，身边时时都离不开人。

　　柴究竟是从什么时候成为人们这么迫切的需求的呢？走访了几户人家，发现大概是在五年前。那个时候我刚从学校毕业，还没有在社会上站稳脚跟。五年前是改变农村面貌的一个重要的时间节点，陕南安康的每个村子和集镇都建设了安居房。这时的村子含义已不同于我们儿时的村子了，它由原来的好几个村子合并为一村。山弯弯里的学校也被合并或撤销，村里最大的小学也只能上到五年级，全镇所有小学只有镇上的中心小学才设有六年级。我能想到他们这么做的目的在于拉动镇上的经济，但无形之中又着实给那些家境窘迫的人家增添了不少负担。好几年前无意中听人说起镇上的中学只保留了初中，所有升入高中的学生只能到六十公里以外的县城去上学。

　　乡村文明在衰落，而城市文明正深入村庄的各个角落，尝试并已经在改变着数千年以来的乡村文明。

　　过去的房子都是依山而建，房前屋后都是耕地，方便耕种。房屋都是用大理石、花岗岩做地基，再用潮湿的生土夯筑成一道道坚实的墙壁。这样的房子在冬天具有很好的保温效果，房子里还有地炉子，地炉子从地面往下要挖一米多深，烧过的煤再从炉子掏出存放在和地炉子相连的小坑里，这个小坑就相当于一个原始版的壁炉。坑内常年保持恒温，人们常常可以借助它的温度条件来制作豆芽、豆腐乳、霉豆渣、豆豉等美食。地炉子中的煤炭多来自山间，山间裸煤开采完以后，大多数人家会去煤厂拉一三轮车煤，一车基本可以管一年。过去人们日子过得精细，没有完全烧透的煤，敲掉燃烧过的部分还可以继续使用，把煤敲碎落下的炭灰集中在一起，还能制成蜂窝煤。随着时间的推移，山中的煤被开采殆尽，而市场的煤多来自山西或新疆一带，价格持续走高。人们从山上搬到山脚的集中安置点上，一些中老年人失去了土地便失去收入来源。桃子的后父首先看明白了这一点。他就一直住在山上，舍不得往下搬。他说，山上的空气干净，水甜，在水泥房子里他睡不着。在下面太闲了，一个人一天除了吃饭就是睡觉，再没有其他事情可干，想一想他就难受得要命。桃子说他不会享福，他说生来就是劳作的命，离开了土地他活不了。后来，那些搬下山的人的房屋被推掉了，他们无法再像从前那样种菜、种粮食、喂猪、养鸡了。

明亮的钢筋水泥房屋拔地而起，人们对城里生活的艳羡变成了现实。新建的房屋每一层都有人居住，人们再也无法像以前那样弄个地炉子了，新房子自然没有土墙房子保暖，冬天如果没有火或取暖设备，怕是一刻也待不了。于是电炉子走进了人们的生活，它卫生、干净。虽然电炉子取暖很快，但是凉得也快。一旦断电整个房屋就变成了一个天然的冰箱。其实，电炉子也很难把人真正烤暖和，往往是前面烤得发烫，后背却又凉得不行。而且电炉子功率高，危险系数大，时不时就跳闸引得邻居们骂骂咧咧，加上电表又飞速转动。一个冬天还没有过去，一直烤电炉子的不过两家，一家是在镇上开了好几家药店的，另一家把门前的那座石山掏空了，卖了十几年的青砖。而大多数人是普通人家，每一分都要掰开了花。

人们自然而然便把目光瞄上了树木。早些年，人们也会砍柴，到了腊月间，要准备杀猪过年，充足的柴火用来煮猪食、熏肉，余下的用来炒菜和取暖。那时房屋前后都种着果树，砍柴都要翻到林子深处去砍，只能砍那些坏死或活不成的树木,坚决不能砍那些长势正旺的树。记得那年冬天,我六岁,山里还没有下第一场雪,风呼呼地往山里刮。我从家里拿起一把柴刀就到水井路下的林子里,砍了一根碗口粗的桦柳树。我蹲在地面上,朝树上望去,树叶落尽了,树枝朝天而立,一副天然傲娇的姿态。懵懂中带着些许无知,每一刀砍下去整个树身都在晃动,颤动。我当时不知道的是自己即将杀死一棵成年的树,与善恶无关,现在想来就像是一个幼童执刀在大街上杀人一般可怖。很快,树便倒下了。我用刀剔除了除主干以外的枝丫,兴奋地扛着一棵树走在回家的路上时,碰到的人无不露出一种异样的神色。果然,我刚把树扛到院坝里,就遭到叔辈们的强烈谴责。我才知道自己闯祸了,被父亲罚跪在大门前。不久,就碰到夏家的人气势汹汹地上门兴师问罪了。大人们的言谈成了山林秩序和教育的第一课,大意是一年中只有在冬天才能砍树做柴,只能坎坏死或枯死的树,严禁砍这种正在成长中的树木,况且那块山林是夏家的,并非我们家的。只是这一课我还没有来得及学习就已经闯祸了,最后我心不甘情不愿地将树扛回夏家,父亲又给拎了一只大公鸡,这事才算作罢。但自此以后,我便成了村里的一个反面教材。

此后十多年间，每年冬天我们跟随父辈进山砍柴，其实更多的是捡柴，将那些枯死的枝丫砍成合适的长短，再用藤蔓打结或拖或背回去。这样的木头已在林间干透了，拿回去可以直接堆到柴房，无须晾晒。燃烧起来比较快，火苗透红，通过它炒出来的菜清爽可口。炒完菜之后，再将土灶里的柴火退出来，浇上清水冷却之后就属于上等的木炭，储藏起来，既可以和地炉子中的煤混烧，也可以单独弄成木炭火，成为冬日里最稳定的火源。

过去，人们在农耕文明中形成了一套与自然和平相处的秩序与规则，属于乡礼的一部分。只是形势所迫，人们不得不放下古老的传统。当第一个人突破了约定俗成的禁忌之后，乡礼便迅速瓦解、崩溃，不复存在。它只能留在老一辈人的记忆之中。

那些年看到有人砍树，无非两种用途，一是给家里上了年岁的老人准备寿材；二是用来盖房或打家具，剩下的边角料用来烧灶火。但都是在冬天砍树，这时候人们手中的农活儿慢慢闲下来，有了时间。这个季节，树木基本停止生长或生长得很缓慢，可以尽最大的程度让树木保存更多的有机物。

用树木做柴，火苗柔和，更易让我们的身体接受。这或许也和我们从小在山里长大，跟它更为亲切有关。大家平时没事的时候也聊这个问题，老人们说得最多的情况是电炉子烤得皮发烫，但是骨头依然寒冷。只有木柴和煤炭的火持久，劣质的煤呛人，早些年间还有因此中毒身亡的，想来想去还是木柴的火好，能把人的骨头烤得酥酥的，像是在晒正午的太阳一般。

几年时间不到，我发现近处的几座山被剃成光头，以前茂密的树林只剩下杂草点缀在山间。一些被砍的树木根部仍旧是白色和黄色，毫无疑问，明年春天他们又将冒出新的树苗呢！以我们村几千人的人口计算，至少有一千户，也就是说每天至少有一千个炉子在燃烧。树木的成长速度远远赶不上被砍掉的速度，纵使山上一些闲置的荒地也生长出了一些大树。可见危机就在眼前，人们似乎停止了劳作，留在村里的人除了吃饭睡觉，砍柴成了唯一的业务，既可以打发时间也能储藏柴火。这或许就是王老二们的乐子所在吧，独属于农村的暴力美学。人们砍柴的速度就跟每年汛期的洪水一般，不断地冲刷着山体的两侧，洪水退去留下被浸泅过的痕迹。我真担心有一天树木被砍伐殆尽，一场洪水会毁了整个村庄。但我的担忧似乎又是多余的，每一次回来，河流总是越变越小，甚至有的河流已失去了河水。我不知道这跟人们近年来砍伐树木有无直接关联，但有一点可以确认的是，山上的几处河流水源地消失了，以前冬天总能看到挂在巨石上的冰凌，如今只能看到它们曾经冲刷而过留下的水渍。

我沿着新修的公路朝着镇上的方向走去，刚绕过一个弯，就看见路边上的一块地一半都垮下去了，像是被人砍断了腿一样，伤痕清晰可辨。从路面往上看有挖掘机施工的印记。我记得以前这里长了几棵大树，上初中的时候，其中一棵树坏死，到了高中人们把树锯断了，留一个硕大的树墩子，小臂粗细的树根从黄土中伸出，像是在和过往的人打招呼。晚上和大伯聊天的时候才知道，那树墩子和树根早就被挖出来烧为灰烬了。

大年三十那天，我上山给祖人烧纸。上山的时候只管气喘没有注意，下山的时候才发现很多童年记忆中的树木已不复存在了，大有一种物是人非的感伤。半路碰到黄木匠，跟他聊起木匠手艺，他说，现在除了打棺材就基本没活路了。他还要翻过两座山去给老黄木匠烧纸，我担心他回来可能天都黑了。黄木匠说"天早就黑了，五年前我的天空就是一片黑暗。"我没敢跟他多聊，毕竟是过年，我试图拒绝一些灰色的伤感。我们一个朝下，一个朝上。我看着他逐渐远去的背影，不知道此生还有没有再次相遇的可能。

以前总觉得坐吃山空不可思议，可如今似乎像是一个预言一般立在我的跟前。村民们也会想到这个问题，但他们也无可奈何，不砍柴，到最后挨冻的始终是自己。在他们的骨子里依旧保持着对山林最后的善良，尽管看起来是那么的微乎其微。

菩 萨

搬迁以后的安居房建到白沙河的对面，四面环山，从高处往下看，是一个不规则的大豁口。

腊月三十的晚上，鞭炮和烟花的回声绕着山的四周跑，光亮把山的影子照得一闪一闪的，山好像往前走了一步似的。炮仗声此起彼伏，东边炸完，西边接着炸，两边像是在比赛谁炸得更久一些。我从屋子里走出来，没买炮子，跟着村里的人饱了饱眼福。已经翻过了新的一年，河岸对面的几个坟堆前已经燃起了蜡烛。火苗在风中闪烁，蜡在流泪，是替后人在说话吗？山的西边，炮仗声一阵比一阵密集。东边的炮仗声稀稀落落，家家户户都亮着灯，和屋里的人又平安地过了一年，我们的年轮又增加了一圈。

正月初一，没有走亲戚，也没什么亲戚可走。随着爷爷、婆婆、外公、外婆的相继离世，两个家族的来往一下子就淡下来了，嘴上说着走动便成了一种客套。我端了椅子坐在楼梯口晒太阳，圆圆过来看我。圆圆是我二伯的女儿，生她那年屋前长了一棵杏子树，所以她的大名中还嵌着一个"杏"字。我招待她到屋里坐，装了几盘水果、花生、瓜子。她问我有没有到观音岩去，我说大过年的干吗要去观音岩呢。心里想的却是，过年从来都是祭祖，年夜饭开吃之前，我们都退到房子外面，门敞开，屋里只留一辈分最高的人喊着祖人的名字，让他们也回来吃一碗团圆饭，何时有了拜观音的习俗？

昨天晚上过了十二点，村里的人都跑到观音岩去排队炸炮子了。

难怪，我说晚上西边的炮子就没停过，一直炸到天亮。害得我一晚上都没有睡好，感觉就在我耳朵门子跟前放炮一样。

　　过了正月初三，按照我们那边的习俗就可以走除了亲戚以外的人家了。朋友会面大致在这个时间段。过了正月初六，整个集镇和村子里的人和车就大部分不见了，热闹了一个星期的村子一下子就彻底静下来了。

　　和一个女同学约着，想到镇上的中学和上街头的韩仙洞逛逛，又听镇上的朋友说，街上的饭店都关着门，只好作罢。同学说，要不然初四去看看观音岩，说观音岩是今年重修的，还没有去过，我们俩离得又比较近，总比在镇上吃闭门羹的要好。初三晚上她又发来信息，原来初四是她奶奶去世满周年的日子，家里的亲戚要过来修坟和祭拜，加上还有一个奶娃娃，实在是走不开。我说，那就只能后面有机会了再见。她一直以为我有什么重要的话要跟她说，其实就是隔得远，谁知道下一次再见面是什么时候呢！有些同学从分别以后就再也见不上面了。女同学说，这可能是她在村上过的最后一个年了，在城里买了房，以后就不回来过年了。后面要是路过市里，见面就方便多了，可供选择的地方也就多了。我知道，年轻的一辈基本上是这个情况。我没有回复她，因为我不知道该说些什么好。

　　初四，吃了午饭，在电脑跟前趴了一上午，腰酸背痛。想着明天就要离开了,还没怎么在村里走走,就沿着河对岸的马路一直往上走,路过我待了四年的白沙小学,我站在门口看了一眼,没有进去。新修的学校完全是省城的标准,进门就是草皮的足球场。在这个只有五个年级不到十个班的学校里,我不知道会有几个人去踢足球。年前,一个在镇上教书的同学转发微信,我点开,大意是说投资了四百万使得白沙小学焕然一新。我又点开一看,于是评论道:四百万就建成这?两栋主体楼,一个足球场,一个看上去比较现代的大门。又过了两周,我在朋友圈看到,说是校友不忘初心,慷慨解囊,十人捐赠二十余万为母校添置教学设备。现代建筑学的强大力量足以翻天覆地,在小学的记忆恍若昨日,但这所标准化的现代化学校在我眼前却是那么的陌生,没有任何痕迹能和我的记忆印证,我不知道是该庆幸呢还是心生悲戚。

从学校的侧面往上走是一个大岔路,一条通往洛河镇,一条通往平利县城。看到有人在那边等公交车,我往观音岩的方向走去。河流瘦弱,河水相互撞击而发出轰隆的声音已经是很多年以前的事情了。两岸高高筑起的堤坝如同坚固的刑具压在河流的身上,它们无声反抗,灵动的河流被切断,强制改变方向,像是酒店里的机器人。可是我们真的能改变河流的方向吗?我能感觉到河就是一头沉睡的狮子,它温顺,但总有醒来的那一天,不知那时人类是否能驾驭得了?河中各种垃圾清晰可辨商标,我上小学的时候两岸的人们可以直接提着水壶打水回家烧开了喝,照此判断,这种情形恐再难回来。村里在山上修了一个蓄水池,人们总是说水里有一股消毒水的味道,感觉水硬硬的,还有点涩。

走到观音岩的时候,眼前还是一亮。观音岩以前是个大陡坡,腿脚不好的人往往要四肢并用才能抵达。我记得上小学四年级的时候学校头一次搞美术工艺大赛,不少学生就用这里的观音土直接捏成了各种动物形状,晾干以后,栩栩如生。我有一次不小心从课桌上碰倒了同桌捏的兔子,落地以后她的眼神恨不得要把我生吞了,我捡起来一看,完好如初。听老几辈的人说,过去闹土匪、闹饥荒的时候,就到这里来取土,捏成疙瘩和树根一起炖,或者和野菜一起蒸着吃。有一次到陕北采风,我才知道当地也有一种土,从离地表一米左右的土崖上挖下来的黄绵土,据说这样的土干净,不曾遭到污染。把土捣碎以后,筛成细细的泥面,再放到大铁锅里翻炒到像水开了一样,表面上也冒着土泡泡,便可以倒入小面丁共同翻炒。也有嫌麻烦的就直接和在面粉里，捏成丸子，放到油锅里煎炸，捞出来以后，酥脆可口，甚是美味。黄绵土还是治疗水土不服的上等偏方。或许正是因为土的原因，这里便被神化了。

观音岩已经被重新修过了。陡坡被垒成了三个大坎子，侧面用水泥砌成了楼梯状的台阶，坎子上面种上了手腕粗的松树。我沿着台阶往上走，成片的红色残渣堆积在这里，都是前几天过来放鞭炮的，成箱的垃圾堆成了山，不知道菩萨会怎么想。一级一级地往上走，终于得以窥之全貌了。老实说，这个地方确实有点奇怪，迎面上去，是一片天然的乳石，左侧自然形成了三位神君的样态，有人只是用颜料在上面轻轻一勾，便活灵活现了。绕过三位神君再到另一侧，才是观音菩萨所在，靠近岩的一侧又补修了几个阶梯，才通到菩萨的跟前，我上前端详有水泥浇筑的痕迹，旁边挂着大大小小的相框，尽是菩萨的像，奇怪的是这些菩萨的像竟各有不同。长在岩上的菩萨跟前并没有香炉，自然形成的溶洞里插满香火和蜡烛，还有两支香在燃烧，火星在风中一闪一闪，像是夏夜里落在草丛中的萤火虫。

观音岩的上面是一块地，年年都有人种庄稼，谁能想到地下竟然是另一种情形。靠近三位神君和菩萨跟前的坎子上立着几个铜铸的大香炉，香炉上挂满了红绸布，没有一点缝隙，人在这边让对岸的人无法看清。两个香炉旁立了一块碑，前面刻录了一段经文，后面大意是说某个外地的信徒出资修建了此地。站在菩萨跟前往下看，确实是个不小的工程。从观音岩往回走的时候，我随手拍了几张照片，在偏远的农村，仍然称得上一处不错的景观。下到最下面的一个坎子的时候，看到那些堆弃在此的鞭炮垃圾，像是一片红海。我在心里说，要是心中有菩萨的话，这些垃圾就应该带走，留在菩萨跟前，岂不是一种不敬。从桥上往对岸走，遇到三个老年人，一边散步一边聊天。他们打招呼："逛观音岩呀！"我点头示意，拿出手机拍了几张远景。

　　往前走，有一条路通往过风楼。过风楼那个地方，有两块山一样的石头立在河边，河里有一个很大的响水潭，绿茵茵的泛着光。老一辈人说，风走到这里的时候开始转弯，发出声响来，所以才起了这么一个名字。由于马路改道，前面这一截路便被铺上一层层薄薄的土，中间只留了一条容人双脚通过的小道。硬化的马路被拦腰中断，土里种的豌豆苗藤蔓已经开始打卷，白菜也开始抽薹。我沿着这路继续往前,一个高高的山包上已经没有树了,移动公司在那里放了一个大铁箱子,隔着缝隙柠檬黄色的信号灯一跳一跳的。我爬上去,小学尽收眼底,可我感觉它更像是一个政府机构,实在是不太像学校。这座山梁以前有茂密的丛林,在小学寄宿的时候,我们经常跑上来远眺,然后双手合成喇叭形状,朝着学校操场喊同学的名字,当他抬头却发现我在对面的山包上,也挥手回应。山包下是天然形成的陡峭山崖,过去有植被包裹,草木葳蕤,如今只有裸露在外的山体,不时有小石子滚落的声音。

绕过山包往过风楼走,一股刺鼻的恶臭窜过来。由于马路废弃,这里变成了堆放垃圾的地方。风的下游便是学校,看到这堆垃圾,我隐隐感到不安。久久注视着这堆垃圾,虽然是寒冬,仍有蚊虫苍蝇飞来飞去,一只老鼠浑身沾满彩色的油漆,像是反穿兽皮,瞬间逃窜到丛林中去了。

往回走的时候,看到对面的山垭子,我想起一件往事来。那年,外公外婆还和大舅住在一起的时候,怎样都没办法和大舅娘相处,虽然已经分家,但时常因为一些鸡毛蒜皮的小事,闹得不可开交。那会儿我们还住在山上,大舅托人捎话,说外公外婆不见了,房子里连人影都没有,刚开始以为去哪儿了，可是头天晚上还没有回来，大舅才感觉到不对劲儿。出村只有一条路，都没有见到过。于是只好翻山越岭地去找，找了三天还是没有丝毫踪影。母亲为此愁容满面，茶饭不思，一口水都喝不下，晚上翻来覆去地睡不着觉，隔着屋都能听到母亲低声啜泣的声音。四处寻找无果，母亲便把希望寄托于神明，朝着观音岩的方向在墙角烧了三道黄表。隔天夜里，母亲便做梦，梦到外公外婆在一山垭的岩屋里。我没有去过那个岩屋，找到外公外婆的那天早上正好是星期一。听母亲说，那个岩屋里有被子，往里走有一个小水潭，不时有水滴落下的声音，外公外婆随身带了一瓶安眠药，准备把干粮吃完以后就长眠于此。这个岩屋以前是躲避土匪和抓壮丁时用的，一些打猎的人路过也会在洞里生一堆火，休眠一夜。后来母亲说等到十五要去一趟观音岩还愿的，后来这事她再也没有提起过，我也不知道她最终去了没有。

蛇

一

父亲在山上新盖的土墙房往梁上添最后一块石板的时

候，我才从塘坊里的学校往回走。手里捏着一根棍子，因为沿途的小路两边总是有蛇的踪迹。没有风的时候，杂草摇晃，多半就是有蛇在其中。打草惊蛇，蛇便顺着山势的坡度往下方迅速移去，依旧是不见它的身形，躲在暗处。

就在前几天，水生娘被蛇给咬了，躺在屋里发高烧，手肿得跟腿一般粗，卧在床上，下不了地。开春水生娘在地里干活儿的时候，用锄头把带有苞谷秆根部的土块翻过来，一面接受阳光的曝晒，一面用锄头敲碎残留在根部上的泥巴。泥像灰尘一样在地里起了一阵烟被风带走，消失在空中。一上午她就敲了一百多个土块，心下想着把这些陈年的苞谷秆的根部捡到一起，烧了给土地添一层肥。她顺手捡的时候没有想到有一条小蛇枕着，蛇也可能受惊了，一口叮在了她的虎口。她当下喊出撕心裂肺的一声，把地边上干活儿的人吓了一跳。那蛇便匆匆往路边的草丛中逃去。水生闻声跑到他娘跟前，露出皮肤的两滴血已经开始发乌，颜色越来越浓。水生嘴里丢出一句脏话，顺手抄起一块石子往蛇逃离的方向扔去。有人赶紧提醒，解了皮带死死扎住手腕，跑回家手臂还是肿了不少。从酒坊里打回来的苞谷烧淋了几遍伤口，翻过山梁在胡医生家捡了一服中药，喝了一个月，慢慢也就好了。

咬水生娘的那条蛇跟地里的黄泥巴是一个颜色，至今不知道它的学名叫什么，当地人称为"泥巴带子"，由于颜色和黄土几乎一样，所以常常很难辨认出来。这种蛇生性懒惰，身材短小，带有一定的毒性，常常在路中央出现。我也碰到过好几次，不过幸运的是都跟大人们在一起，他们从路边折断一根树枝轻轻一挑，就把泥巴带子扔到丛林中去了。

在农村生活，有那么几年能频频见到各种各样的蛇在身边出现。老人们说，蛇的颜色越深，蛇的毒性也就越大。最常见的是四脚蛇和菜花蛇，速度最快的是乌梢蛇和青蛇。一次我和母亲去挑水，路过梁上一截荒坡，由于坡的另一侧是陡崖，所以一直以来并没有人开垦出来种地。水井路上前后仅能容一人通过，我跟在母亲的身后。突然之间，两条乌梢蛇像是离弦之箭迸射而出。两蛇像是竞赛冲刺，粗略估计蛇身有易拉罐那么粗，扁担长。母亲并没有一丝惊慌，平稳向前走去，而我本能地被惊出一身汗来，汗水落地，手里提着的一壶水也溢出去不少。之后每次路过这个地方总是不自觉地紧张，脚掌往里抠，弓着冒出一层潮湿。反观母亲总是能平静如初，两只笨重的木桶里，水波荡漾，却从不溢出。

　　在我小的时候，老人们总是会说，蛇是记仇的动物，它不会主动攻击人。所以不到万不得已，是不能伤害蛇的，会遭到报复。迫不得已打蛇，就要把蛇打死，否则来年它就会来找你寻仇。与蛇对应的还有一种动物，长得跟壁虎和四脚蛇有点像，类似蜥蜴，长辈们把这种动物称为蛇的医生，唤作"蛇郎中"。据说有蛇受伤大都要靠它治疗。传言这种动物身上有剧毒，它背上的囊肿里面就是毒素也是治疗蛇的药方。这种动物稀少，一年甚至好几年才能在路边上的石崖上碰到。

　　人与蛇大多时候都是和平相处，相安无事。婆婆跟我说，她年轻的时候，有一次往楼上背晒干了的苞谷，到了楼上，总是感觉有一种窸窣的声音传来，她顺着那声音一点一点靠近，才发现楼上的竹篮里盘着一条乌梢蛇，吓得她大呼小叫，差点从楼梯口滚下来。这件事让她颇为心惊，那一阵子睡梦中总是隐约感觉蛇爬上了床，手碰到金属发凉的地方就会不自觉地害怕，好一阵子不敢上楼。后来，婆婆专门在屋后采了艾蒿，剁碎蒸了饼，吃了以后才敢上楼。我小时候也怕蛇，被骗着吃了艾蒿饼，说是蛇闻到艾蒿味就绕着走，谁知上山不到二里地就遇见了一条蛇，黄色的，我们那儿叫作黄汉蛇。这种蛇是最懒的，村里人常常教导孩子"你懒得烧蛇吃，还要蛇搬柴"，说的就是它。我站在那里久久不敢有任何动作，等到尿都快憋不住了，那家伙才进入丛林。我顾不上尿急，一溜烟跑到了空旷地带。

新房建成以后，父亲用剩下的石板和木头在院坝前盖了一个猪圈。由于用的是板栗树的木头，在春夏之交雨水一多就会长出巴掌大的香菇，每年都够我们吃上一个星期，现在回想起来，眼前浮现的仍是一阵香气喷喷的香菇鸡蛋汤。猪圈跟前有一棵盆粗的核桃树，母亲把麻绳的一头绑在核桃树的枝丫上，另一侧箍在木质的电线杆上用来晾晒棉被和衣服。一个周末，我和母亲一面收着晒了一天的被面，一面聊着天，全然不知危险的来临。由于我和母亲面面相对，她无法看见我的身后，等到她侧身的时候才发现我的身后有条蛇，距离我的脚后跟还不到一拃宽的距离。我把头转过去，看到一条又粗又长的蛇，那蛇黄绿相间，蛇身鸡头，也有冠子。我自然不敢有任何的动作，只能一点一点等它朝着草丛中爬去，已然没了害怕的感觉。等那蛇走后，我才拿起石子朝着草丛中扔去，以慰心虚。后来与人聊起，才知道这是野鸡脖子蛇。

二

我上三年级的时候，从山上到山下的村小寄宿。有一次中午放学在大舅家吃饭，有人来访，我并不认识，只见他一只手捏着蛇的七寸，任由那蛇缠绕在他的手臂处。其神情泰然自若，他用蛇逗我的表姐和表妹，吓得她们端着饭碗就往外跑。在乡间是有不少艺高胆大的人，他们可以徒手捉蛇，取了蛇胆泡在药酒里。有一次我看见一个人走在我的前面约一百米的样子，他像是从地上捡起一根木棍一样就把一条蛇提到空中。那蛇一次又一次想翻转过来，一次又一次以失败而告终，上了初中学了生物我才知道蛇是无脊椎动物。我跟在那人的身后，直到过了学校前面的桥，见他沿着公路径直朝前走去，到了药材店把蛇给卖了。

此后山里掀起了一股捉蛇的风潮，收蛇的人越来越多。他们给不同的蛇定下了不同的价格，这些蛇大多是无毒蛇。幼小的我，自然不知道大人们捕捉的这些蛇将会去向何处。一时之间，田间地头、丛林深处多了一些专门的捕蛇人。他们大多以男性为主，早出晚归。但我也见到过一名外乡女性捕蛇人，她个子矮小，一口黑牙，不抽纸烟，只吸水烟，吧嗒吧嗒的声响有一种江湖大哥的做派。有一天路过我们家,讨一口饭吃,父亲问起捕蛇的收入吓了一跳。不少的人加入捕蛇的大军,你争我夺,看谁捕得多。我想过蛇多,但没有想到蛇会这么多,村上捕蛇人最壮观的一天四个尿素蛇皮袋子里装满了蛇,一上秤,一百多斤,八九百块钱在那个年代算是一笔不小的收入。一些胆小的人也开始尝试着跟着别人学,刚开始胆子小,砍一个树杈,战战兢兢走到蛇的跟前,先用树杈抵住蛇的七寸,再用火钳夹住蛇尾,一点一点往蛇皮袋子里移动,那动作笨拙而滑稽,常常招致过路妇人的嘲笑,一天捕到两三条小蛇而已。但随着时间的推移,他们的技术日趋成熟,速度也越来越快,这对于蛇来说无疑是灭顶之灾。他们很快掌握了蛇出行的规律,总是能在必经之地抓住蛇。刚开始是在路边和地头上捉蛇,后来是丛林深处,再往后是深山老林。捕蛇人从山林中往外走,人人肩上都挑着几个蛇皮袋子,那袋子圆鼓鼓的,隐隐能看到蛇在翻动身体。

　　村里的老人实在是看不过去了,开始骂沟里的后生和外乡人"举头三尺有神明,人在做,天在看,小心遭报应。"他们才不管这么多呢,能换来钞票比啥都强。老人们就问:"你们把蛇卖了,最终会怎么处理这些蛇呢?"人说:"老板会把蛇拉到城里,运到南方去,听说大酒店里小小的一盘就能卖好几十甚至上百,专门供有钱人吃呢。"老人就不愿意跟他说话了,挥挥手,表示赶紧走吧。我知道他们已经非常克制了,嘴下留德,难听的话还没有说出口呢。一种天然的伦理秩序正遭到大规模的破坏。

捕蛇大军持续了不到两年,坡上基本上已经见不到蛇了。三月三,蛇出山,捕蛇人开始进山;九月九,蛇钻土,捕蛇人开始出山。

三

五岁那年冬天,我家有一块地休耕,当时正值从山下往山上修公路。我跟在大人们的身后,看见他们愚公移山的架势,好生羡慕。于是回到家里,也学着他们的样子在地里挖出一条手掌大的缩小版公路,还故意绕几个弯,很有成就感的样子,完全不知道大人们生活的艰辛。我一锄头下去,挖着挖着,一个类似蛋壳的东西出现在我的眼前,白净光亮。我回家把母亲喊来,母亲说那是蛇蛋,蛇的孩子。母亲命我赶紧把土重新盖上,要不然它们无法抗过山里的冬天,惊吓之余,我照着母亲的话做了。此后就再也没有看到蛇蛋了,它们嗅到了危险的气息,朝着越来越隐秘的地方藏匿。

那两年人们大规模地捕蛇,导致地里的老鼠增多,屋后的老鼠几乎把草皮下面的地洞都连接起来了。村里家养的狗经常把鼻子伸到老鼠洞穴前,灵敏一点的狗还会捉到老鼠,逗来逗去,直到最后失去耐心把老鼠咬死。我们家里的楼上铺了一层彩雨布,一到夜间,那老鼠就像是赶集一样,在我们的头顶跑来跑去,肆意妄为。为此父亲还徒手捉过老鼠,不幸被咬。虽然家里养着猫,但老鼠实在是嚣张至极。于是,各种各样的老鼠夹、捕鼠笼、老鼠药开始轮换上场,但并没有多大效果,甚至导致有村里人吵架怄气,服下老鼠药送到镇卫生所也未能抢救过来的惨案。老人们直呼:"造孽呀!"

一开年,人们往地里种苞谷。起苗的时候就不太理想,老鼠实在是太多了,饥饿的老鼠甚至翻开了地窝子,把农家粪拱一边,洋芋和苞谷粒被啃食得只剩下残渣。等人们到地里看苞谷苗子发芽的时候,大约三成种子被吃。人们一边在地里生闷气重新补种,一边往地边上放老鼠夹。补种过后的苗子由于错过了最佳种植时间,苗子长到一半的时候就开始发黄,苞谷和洋芋的收成都受到了很大的影响。

　　我也是在多年以后和村里人聊起来才后知后觉，明白其中的缘由大概和大面积地捕蛇有关，关乎生物链。那几年捕蛇人跟中了邪一样，近乎丧心病狂。有一次，我跟到大伯的身后去城门关收黄豆，转过阳坡湾就看到一个外乡人在吃力地拽着蛇尾。那是一条青蛇，慌乱中朝着石头垒成的坎子中间的空隙逃生。大伯严厉训斥了他："凡事留一线，放它去吧，能钻进坎子里是老天要让它活呢，你莫要逆天行事。"那人愤恨地瞪着大伯，或是受到了刺激，眼睛冒出血丝，愣是生拉硬拽把那条小蛇收到了蛇皮袋子里。后来听人说，他在另一个村子里进山捕蛇，不想却被一条毒蛇咬了，可他并没有水生娘的那般运气。由于在深山老林，也没有通信工具，等他慢慢走回家的时候已经是半夜了。屋里人左等也不来右等也等不来，等他到家的时候，一句话还没有说出口就倒在门槛上，断了气。这也算是给捕蛇人敲响了一记警钟。后来读到柳宗元的《捕蛇者说》，上大学和几个一样来自农村的朋友聊起，都有捕蛇者未能善终的例子，看来并非个案，不知是不是巧合。

四

捕蛇的大浪潮是在"非典"的那一年悄然退去的，不过那阵已经见不到蛇了。最明显的是捡不到蛇皮了，以前我总是能在路边上或低矮的灌木丛中捡到蛇皮，拿到村上的药房卖了。乡间见到两条蛇缠绕或交配的时候，第一个看见的人是为大不吉，这时需要解下裤腰带，就近绑在树杈上，有点"割发代首"的意思，大意就是说有任何灾难不要再来找裤腰带的主人，由裤腰带代为受过。头几年，路边上总是会碰见各式各样拴在树上的裤腰带，我问母亲才得知其中的缘故。捕蛇大军过后，我就再也没有见过褪掉的蛇皮了，也未曾见有新的裤腰带再出现在路边。就连我上学的时候，背着书包，手里也是空落落的，似乎不用再为路边有蛇而担忧。

说起蛇皮，或许蛇自己也不会想到这种以"蛇皮"命名的尿素带子会成为它们的囚室。其实，最早的时候每个村上只有一两个捕蛇人。他们捕蛇不是为了卖，是负责帮助人们把路边的蛇、屋里的蛇、地头上的蛇弄到丛林中去即可，遇到人被蛇咬伤了，还要帮忙找草药，负责救治。随着经济利益的诱惑，捕蛇人的初衷发生了巨大的变化。过去，老辈人传下"蛇有三不捕，捕了祸子孙"：一不能捕蛇窝里的蛇或者正在抱卵产子的蛇；二不能为了口腹之欲，为了吃蛇肉而去捕蛇；三不能捕坟墓周边的蛇。这些从古流传下来的规则在买卖的红利中瞬间瓦解。

从"非典"过后直到前几年，这中间有十六七年的时间，村里人说几乎没怎么看到过蛇。偶尔遇到也是在无人问津的深山老林里砍柴，才能看见一条细得跟拇指粗的小蛇。随着南方经济的快速发展，身边越来越多的年轻人加入南下的队伍之中。春节过后，留在老家的除了老人就是小孩，就连一直是单身汉的大伯也加入了去东莞进厂的队伍。他虽然已经年过五十，但种地的收成一眼便可探到底。在熟人的介绍下，到了厂里，月月有收入，经济有一定的保障。多年在乡间种地除了养猪养蚕能挣下一点钱外，并没有其他收入，这点积蓄在开春的时候又要买大量的化肥，而土地的肥力越种越薄。如此年年循环，非但没能攒下几个钱，遇到身体有个不舒服，或者婆婆害一场病，还要问人借钱救济。烟一下子戒不掉，只能越抽越便宜，遇上红白喜事，不随点礼面子上又过不去，他想不通这日子为啥越过越窝囊。社会飞速进步把他们甩到身后，等他们发现的时候早已跟不上趟了。村里人除了要照看老的小的走不开之外，大多数人选择出门务工，大量的土地开始闲置，长出杂草，风雨播种，树木的根系延伸至荒地，不到几年时间，土地回归丛林，以一种复归的姿态重返自然。生态一方面在变好，退耕还林，山里的空气还是和以往一样清新，一些野生动物开始靠近人类；另一方面也在变坏，耕地不种庄稼改种烟草，肥力极速下降，河流瘦小，工业垃圾随处可见。

匿迹的蛇一次又一次重拾信心，它们忘记了曾经的灾难和先辈的告诫，开始试探性地靠近农田。它们闻到了猎物的气息，开始频频出现在地头。十多年过去了，人们对蛇又有了新的认识，还会大规模地猎杀和捕捉吗？我们不得而知。蛇对自然生态环境的要求极高，它的重返标志着生态正朝着好的方向发展。但挑战仍然存在，特别近两年以来，蛇不仅出现在农村，甚至进了城，还有爬上十几层楼房的。这或许跟全球气温变暖有着很大的关联，全球气温变暖对动物界几乎是灭顶之灾。科学家通过近四十年的动物标本研究发现大多数的动物体形正在逐渐变小，栖息地丧失、物种迁徙、疾病传播等不可逆的现象正在加剧。而蛇是冷血动物，对环境温度的要求比较苛刻，过高过低都不利于蛇的生存。全球变暖导致高温天气频繁出现，极端高温也将变得更加极端，这是蛇来到城市周围为了寻求更加凉爽的地方而进入楼房的主要原因。发小退伍以后在南方小城消防大队工作，他说夏天接警出动捕蛇的任务是往年的数倍之多。全球气温变暖对大型蛇类还有一个比较有利的影响，会让蛇的体形变得更加庞大。曾经的大型蛇类都生活在气温变暖时期，目前古生物研究中发现的泰坦蟒就出现在这一时期，它们平均体长在十二到十五米之间，体重超过一吨。

　　去年好几个朋友回老家避暑，走在路上还能碰到一米多长的蛇，它们只是路过，并没有攻击性。朋友们感到很新奇，消失了很多年的生物又一次复归，他们兴奋地拿起手机拍照，并把照片发给我。好在，如今大家对生态和动物有了保护意识，人们不再通过外力对蛇造成伤害。乡间朴素的生态理论得到了有效彰显，现今是一个人人都讲生态的时代。蛇不过是万物中的一个缩影，但仍有更多的生物以自然的逻辑潜藏深林，它们对人类依旧保持着足够的警惕。这堂自然课，需要我们始终以谦卑的姿态永久进修，融入和接纳。

垃　圾

小镇在微光中醒来,中学的教学楼次第亮起灯来,对面的山隐约能看见雾气，那是昨夜的雨水完成了与土地密谈后的一次逃离。最先醒来的是我同学的爸妈,他们家住在镇政府里面，每天天还没有亮就开着拖拉机从上街开始往下街收拾垃圾。他们戴着弹棉花的人才戴的口罩,厚实,已经变了色,远远看去像是挂上了另一张嘴。男的手里握着一把锈色洋铲,那尖尖的部分却磨得锃亮，隐隐透着寒冷的刀光；女的手持一根长长的扫帚，都是用山里的野竹子扎成的,那上面竹叶已经变色。两人都戴着尼龙手套,一人扫,一人用铲子往车斗里丢。遇到凡是能卖废品的物品,就捡起来丢进挂在车上的蛇皮袋子里。各自只顾干自己的活儿,也不言语,但眼中又有能看见彼此的满足。

镇上的主街就是一条笔直的马路,两侧是住户,不过几年的时间就已经盖起了清一色的三层小楼。一层临街,要么自营要么出租为商铺。近几年,各村小学只保留到五年级,上六年级必须到镇中心小学，加上安置了附近几个村子的移民搬迁,上街头和下街头各集中了部分原来在山中的人。

人越聚越多,产生的垃圾也随之增加,燃透了的蜂窝煤和其他垃圾都堆在门口,每月交点钱,便有专人每天早上负责打扫,等一开门又是清清爽爽的一天。两人扫一阵,车走一阵,车子走到中学门前的时候,学生们就黑压压往教室里挤去。仅是片刻的工夫,琅琅的读书声便如海啸一般卷来。镇上的人们每天就在这读书声中渐次醒来,日复一日,年复一年,都渐渐老去了。你自然是其中的一分子,那些年似乎从没想过这些垃圾会拉到哪里去,最后是如何处理的。

镇子上的垃圾有专门的人每天负责打扫转运,而山上那些散居的住户所产生的垃圾,大多是倒入竹林或者置入化粪池成为土地养料的一部分,剩余的则一把火点了。导致你在山上生活的时候,有一种错觉,好像没有什么垃圾。或许是因为没有垃圾场,没有形成庞大的堆积物,所以没有这种概念。你第一次清晰地认识到山里面也有很多垃圾的时候,源于小学毕业的那一年。那是第一个没有暑假作业的假期(当然这之前虽然学校老师也布置了假期作业,但从没人检查,父母也不管,自然也就不了了之),曾经的语文老师购置了一辆三轮车利用暑假的时间四处收破烂,他收的范围很广,包括书、废铁、废铜、铝、铯以及各种瓶子。于是,你毫不犹豫地就将家里所有的书、卷子和作业本都卖了。拿到一点小钱的你并不满足于此，又开始把家里的破铜烂铁、堆在墙角商标早就晒掉色的啤酒瓶都搜刮在一起。那会儿，山上还没有修通公路，老师的三轮车只能开在山下，你要用背篓把这些破烂全都背到山下。现在想想，其实很不划算，山路崎岖，下山全是下坡路，人背着东西双腿不听指挥地往前蹿，对膝盖的伤害特别大，只是你那会儿太小，还不理解大人们为什么喜欢走上坡路，而不喜欢走下坡路。言语之中还带着几分讥讽挖苦之意，及至成年以后方才明白其中的辛酸与无奈。

后来，几个比你小的孩子看到你卖破烂赚了一些钱，便跟着你一块儿去捡破烂。先是把自己家里面"清洗"一遍，然后跟在你的身后，揣上两个尿素蛇皮袋子，吃过早饭便出门了，到下午天快擦黑的时候才回来，当时村里人送外号"捡破烂小分队"。你们的战场主要是各家房前屋后的小树林或小竹林里，各家的人看见了也不恼，因为在他们看来也值不上几个钱，烂在竹林里和被捡走对于他们来说没有什么差别，纯属小孩子的小打小闹。你带着他们在每家的房前屋后捡拾各种瓶子，印象中最多的就是娃哈哈的塑料瓶。不去不知道，竹林里堆满了好几年的垃圾，你们用树棍翻出累年的猪头骨，上面的牙齿已经腐烂，以及各种破烂的布料，上面的花纹已经无法辨别。这儿有多少年没有处理了，你不知道答案。因为山里原本就没有垃圾一说，农户家都是把不要的东西就扔到了坡下或者堆在墙角，临河而居的人们则是把它们丢在了河里。上初中那年，同村陈家堡的后生已经上高中了，夏日里和同学在河里洗澡，快要上岸的时候，一脚踩到了一块不足巴掌大的青色玻璃瓶碴子，血液在河水中迅速扩散，像是一枚定时的深水炸弹向四周扩散开来。夏天的河对男生有着天然的吸引力，于是这样的事情屡见不鲜。你走在河边，时常能看见水中挂着的碎布在前后摇摆。

不到两个月的时间，这支由五人组成的"捡破烂小分队"，足迹遍布庙沟村的四大队、三小组。翻过了山梁，每一家的房前屋后都搜刮出了数量可观的瓶子、破铜烂铁，其中铜和铝的价格最贵，而跟在你身后的几个伙伴则更热衷于捡啤酒瓶子，那是最费劲儿最便宜的物品。但是，当你看见他们脸上露出满意的笑容之时，心底也有一股暖意窜过。那时的你，就像是发现了矿藏一样，似乎每家都有捡不完的废弃之物。你们和老师约定每周的星期六在山下见面。刚开始，你们五个人背着背篓往山下走。后来捡到的东西越来越多，家里俨然堆成了垃圾场，那些物品多到已经不是你们几个小孩子所能应付得了的了。于是，大人们也一起上阵，加入你们的队伍之中帮忙背下山去。弯曲的羊肠小道上有十几个背着背篓的人影，沿途散居的人们望着逐渐走近的人群，十分好奇，因为谁家中要办大事或者外嫁的女子带着婆家返乡才有这样的盛况。近了，发现背的都是破烂，失落的情绪便在脸上游荡。

临近开学的那几周，你们背下山的东西，老师的三轮车一趟还拉不完。一个暑假，连那个只有六岁的田娃儿都赚到了一千多块钱。村里的大人们开玩笑说，这个小分队是把捡破烂当成了事业来干。这结果当然是你所未能预料到的，但是现在想想，当年的自己算是对山村做了一次小型的清洁，竹林下面到底埋藏了多少东西，还有多少未知的秘密在沉睡，只有时间才知晓其中的答案。人们只是一年又一年地往下堆，虽然不是土地，但是你用树棍翻出来的那些腐烂的和没有腐烂的，对大地造成的伤害仍是你所未能预料到的。一个家庭，一天会产生多少垃圾，这个数字再乘以三百六十五天，那就是一个庞大的数字，就像你家竹林里埋下的那些废弃之物。只是他们也没有想到，那些曾经被他们扔下的物件有一天会被几个毛头小子重新掀起来。当他们看见这些熟悉之物时，往往又会勾起一段已经快要忘记的美好记忆。比如说，那是谁在村里买的第一个收音机，又或是那是谁在北京天安门广场上买的墨镜，照片还锁在柜子里，别提当年有多帅了，大街上的女子都被迷得不看路了，差点撞电线杆上。有一次水生翻出一根拐棍，你们被人追着大骂了好几百米，原来是那户人家出车祸的时候被车撞断了腿，伤口好了以后便把拐棍丢了，意思是把一身的病痛也丢了，毕竟没有人愿意在家中给自己备一根拐棍……你们喜欢听大人们讲那些过去的日子，有时候听得入迷，往往已经过去了大半日，只好带着不舍赶紧离开，还有数公里的山路等着你们呢？而你身上的担子更重，作为发起人你必须把这几个"合伙人"安全完整地带回。这要是磕着了碰着了或者掉了层皮，别说散伙了，都不用等他们父母找上门来，你父母首先就会修理你，让你先掉层皮。奇怪的是，兜兜转转走了那么些山路并不觉得饥饿。

有一日，你们走得比较远，已经超出了本村的范围。那是从上梁吊下去的另一个村子。由于两地相隔距离比较远，又是连绵陡峭的山地，所以长久以来两个村子基本没有什么来往。你沿着土路一直往下走，像是发现了一片新大陆，至今你也不知道那个村子叫什么名字。密集的狗吠声引起了你们的警觉，一条大黄狗出现在你面前，你只好让同伴们保持静止，不要乱动。他们放下手中的石子，对峙的局面很快被打破。屋子里走出一个手握旱烟袋子的中年男人，大约五十岁，一层薄薄的胡子像是贴上去的一般。他呵斥了一声，那狗便摇着尾巴趴在了苹果树下。他们家的院坝前有一处天然的沁水坝，溪水不断地从岩层中滑出，像是挂在壁上的铜铃，流水下是一层经年的青苔泛着太阳折射出的七彩光芒。岩层被水侵蚀得如蜂窝，高处的水帘落在池子里，波纹一圈赶着一圈向外扩散。池子前搭着一根划破的竹子做导流之用，那水便源源不断淌进水泥砌成的蓄水池中。

　　他知晓了你们的来意之后，便把家中坏了的铝锅和生锈了的铁铲分给了你们，并热情留下你们吃了一顿午饭，四季豆炖洋芋，汤汁清淡而醇香。那时的你尚不知道如何拒绝，他只顾大口吸烟，并不吃饭，而是看着你们吃，脸上露出难以理解的笑容。一个不祥的念头在你脑海中闪现。你等到他出门去解手的时候，便要求同伴只吃四季豆把洋芋丢进灶台上的猪食中,并用铲子翻过猪草盖住。他们疑惑地看着你,你并没有解释,眼神里却是说一不二,没有商量的余地。你害怕那人在饭菜中下了迷药,要不然他怎么不吃呢?仅凭你们几个小娃娃该如何逃脱这魔掌?那时手中也没有通信工具,父母又怎会知道你们的下落?越想越害怕,一切都过于顺利了,电视里蒙汗药的镜头在你的眼前荡来荡去。此地不宜久留,快快撤退才为上策。于是,你便让他们匆匆放下碗筷,告别。正当你们要离开的时候,那人又喊了一句:"这就走了呀!"你后背的冷汗一直往外冒,已经紧张得说不出完整的话来,点点头就跑。那是一段近五公里的盘旋上坡路。你没有歇一口气,哪怕他们都快跟不上了。到了山梁上,你才把这想法告诉他们。后来每每想起此事,心中便涌起无限愧疚。完全是庸人自扰,以小人之心揣度了人家的热情招待。你也十分惊讶于十二岁的年龄竟有如此的警惕之心,现在仍然觉得有点不可思议。你们路过水生家的时候,他哥看中了你捡来的两个喇叭(从破旧的收音机中拆下来的,因为有磁铁,所以拆的时候留了心,你只要了喇叭,壳子分给了他们,放在了最上面)。他说,可以用这两个喇叭做两个电话机。说实话你当时觉得他有点吹牛,因为整个村子只有山下的徐兽医家安有一部红色的电话。每天都有外出务工的人打电话来，提前约定好时间，排队接电话，每人两分钟，一次一块钱。你还是把喇叭送给了他，看他能造出什么花样来。那会儿他已经上到高二，学习成绩异常好，属于典型的别人家的孩子。没过几日，他让水生来喊你，你见他屋子里摆满了电线，他们家的房子是"L"形，喇叭分别放在最边上的两个屋里，相隔有四五十米。他让水生把所有的门都关上，你和水生守在喇叭上静静地等待着。"喂喂喂，喂，能听到吗？"你疾呼："能，能能。"我的老天爷，他竟然真的造出了电话机。真是太神奇了，这个实验让他哥在你心中的形象一下子就高大了起来，没想到他确实有变废为宝的本领。只是让你百思不得其解的是，从小到大他学习一直是名列前茅，家中有一面墙贴满了奖状，可是连续两年高考他都名落孙山，连老师也非常纳闷、恼火。后来，他只上了个大专，而平时比他成绩差的却考上了大学。他毕业以后到了铁路上，经常跑内蒙古那条线。那会儿你已经到了新疆，赶上春运买不上票还托他帮过忙。后来他转行在镇上做英语培训，四年前你回乡结婚的时候，他和他媳妇抱着小孩（二胎）过来喝喜酒并随了礼。他开玩笑道："按照辈分要把你喊表叔呢！"你们聊起这段经历,恍如昨日,可转眼之间你们又各自从父辈的手中接过接力棒,成为家中的顶梁柱。你看见他嘴唇上的那片薄薄的胡子,总觉得十分熟悉,像是在哪儿见过一样,可终究还是没有想起来。酒水把你们的脸颊烧得通红,你们聊起"捡破烂小分队"的近况:水生结了婚,在县里开了一家汽修店;林林娶了省城的媳妇,做了上门女婿;就连当初年龄最小的田娃儿都已经大学毕业开始在镇上教书……那天晚上,你不知道自己是怎么躺上床的,隐隐中泉水叮咚,如鸣佩环,河中久违的水声穿过屋顶的瓦片,开始一缕一缕地落在耳廓。水声之外的河道上,波光粼粼,青蛙开启星夜里的合奏,河声越来越大,你看见年轻的自己正赤脚过河,河边的柳树蒙络摇缀,你的声音被一种无形的力量捂住,那河水清澈,你的脚上落满了白色的花纹。

那会儿,你自然还无法将捡破烂同生态环境联系在一起,似乎那是一件多么遥远的事情。因为彼时山中空气清新,山谷纵深,河流丰盈。可是没过几年,河道便越来越瘦,露出水面的卵石占到了河道的一半,而且这个趋势还在不断恶化。上高一那年,新浪博客才刚刚兴起,全民明星韩寒在年轻一代人的心中独领风骚,他时常怒怼名人,动不动就发文干架,成为一种不可替代的力量。他的每篇博客发文,访问量几乎是全网第一,也是你必看的作品。于是你也赶时髦注册了一个博客。你和同学骑着自行车沿着学校背后流过的岚河,全线观测垃圾的数量,还写了一篇关于河道清洁和打捞的建议书,你多么希望一个年轻学子的意见能够得到关注。你们将建议书交给班主任,被他臭骂了一顿:"有时间去看河流倒不如好好看看英语单词,逝者如斯夫,珍惜当下,想办法考上一个好大学,走出大山,才是你们当前该考虑的事情。"你并没有因此而放弃对这个问题的关注,即便此后多年未能重返故乡,每年你仍会关心家乡的河流与污染问题。遗憾的是,十多年过去了,那些经受创伤的河流并没有得到明显的改善。虽然,你能从新闻里看到有专人到河里打捞垃圾,但你更清楚山民几辈子传下来的生活习惯,要想彻底改变该有多难。前年回家的时候,门前的那条河流还能到你的腰身,如今却刚漫过脚踝,如此下去,你不知道这条河流有一天会不会罢工。世间万物都有属于自己的弹性,一旦过之,崩殂是必然。你似乎已经看到了结局,但仍旧无可奈何。一个人的孤声如何能唤醒沉睡的大众呢?

那篇发在新浪博客上的建议书,后来又被你发在天涯社区,有不少人跟帖说自己的身边也有类似的状况,但终究淹没在浩瀚的网络海洋之中,甚至连一片浪花也没有击起。如今,时过境迁,你回想起那段时光像是流水漫过卵石,清新如悬垂的朝露,柔软似空中绵风,仍不失为一代青年对现实应有的思考。

你关心河道里垃圾的走向,却忽略了镇上的垃圾去往了何处。高考前夕,你坐在窗前发呆、走神。你看见有位同学迟到了,你似乎已经找到了某种关联之处,早上进入校园的时候,平常打扫卫生的那对中年男女并没有出现。后来,跟他聊起,才知道,他的父亲身体不太好,患有尘肺病,父母索性就把工作辞了。也只有在这个时候,你才觉得聊起他父母的事才对等,要不然总是会给对方一种无形的压力。其实,相比而言,他们家的家境在同班中算是比较优渥的。你终于把心中的疑问抛出——那些垃圾最终走向了何处?他也不避讳,直言相告,说每天清晨他的父母打扫完以后就会把垃圾运到镇子外二十多公里的冯家梁上,那里有一座山,四周荒无人烟,于是将垃圾从山上倒下去。山体并不会因为时间而增大,它所能承受的容量非常有限,不到几个月的时间一座山的垃圾便堆满了。你忽然想起捡破烂的那些日子,其实堆在冯家梁上的垃圾与农户家把垃圾倒入门前竹林，并无二致。一座山很快便堆满了，于是再换另一座山。可山头毕竟是有限的，长此以往终究不是个事。于是，有一阵他们在上街街头尝试把垃圾焚烧，恶臭味随着从山谷里吹来的风顺着河流而下，不几天的时间，便引来了镇上人们的强烈反对。你记得的确有过那么一阵子，满天飘着黑色的碎絮，像是火葬场刚刚完成作业的上空。教室里门窗紧闭，每次人进来像是刚从粪池子里捞出来的一般，同学们用拳头捂住鼻子，走在街上都用衣袖抵住半个脸颊。你依旧坐在窗前，临窗的这一面墙盖在河崖之上，窗外的右上角有一张蜘蛛刚刚结的网，那上面就落满了黑色的颗粒。风把网刮掉了，像是一面旗子垂在窗子的一角，再也不可能飘扬起来了。

抗议的声浪一潮高过一潮，焚烧垃圾的做法不得不告终。那过后没多久，镇子又恢复到了往常，至于每天都产生的垃圾是怎么处理的，也不再有人关心。而你也因为要参加高考前最后的艺术集训离开了镇子，这个问题便被日益枯燥又僵化的训练所替代。农村垃圾的处理问题具有一定的普遍性，各地也出台了很多措施。从小在农村长大的你深知要想真正实现绿色宜居，各种垃圾处理妥当是何等的艰难。

前年腊月间回到大巴山下,岚河上游枯水十分明显,河滩露出水面,水位下降,各种垃圾和十多年前并没有什么变化。唯一变化的是,村民们都搬迁到了统一的安居点。大家以前是散居在山间各处,自己产生的垃圾便自己处理,每家的门前都有一条缩小的河流或一座缩小了的山。可是如今,改变了原来的居住方式,大家集居在一起,每天产生的垃圾数量倍增,于是每个安居点前设置了四五个垃圾桶,可是这些垃圾桶仍不能满足需求,加上年纪稍大一点的老人,由于离垃圾桶比较远,还要下楼、爬楼,也无约束作用,便打开窗户一丢,垃圾就进入了河道。于是,便要重新组织人到河里捡拾垃圾,那人一边用火钳往蛇皮袋子里夹,一边破口大骂,而更多的人则当成一个笑话看。安居点前转运的垃圾,也是被各村堆放在某个无人居住的地方,等累积到一定量了,再次焚烧。和朋友聊天得知,镇上的垃圾仍旧倒在冯家梁,那里海拔比较高,常年阴冷,雇挖掘机挖了十几个大坑,埋了一层又一层的垃圾。没有通高速之前,从平利县城回八仙镇冯家梁是必经之路,翻梁需要沿着十几个盘道拐才能上去。进入冬腊月,靠阴坡的一侧便积下了雪,到第二年四五月份才能消融,每次班车走到这里就要上铁链条,车速如龟速,人坐在窗边胆小的不敢看窗外，几十丈深的悬崖容易让人产生眩晕和心惊。若是碰到对面来车，两车错开往往需要耗费半小时，把车上的人看得手心冒汗。翻过梁又是十多处的连续拐弯下坡路，一般的司机很难驾驭这样的山路。经常见到有人站在车前挥手求救，再一看，车上挂着外地车牌。

　　大山深处的镇子，交通闭塞，在群山之间，该怎样处理这日益增多的垃圾，仍是一道未被破解的难题。你不知道，那些埋在山里的垃圾问题会不会又在某一日故态复萌。随着生活范围的扩大，周遭的一切包括山林都连在同一系统，河里的水、土里的粮食，无不是生态的一部分，从不存在任何真正意义上的孤岛。

　　你又一次走在镇上的主街上，青绿的山水倒映在碧蓝的天空之下。你站在这熟悉的小镇之中，两旁的建筑像是两座大山压在你的胸口，它逐渐变得逼仄，竟慢慢有了城市的味道，只是这喧嚣热闹只能维持大半个月的时间，除夕过后，大量的小车从省道上呼啸而出，它又复归于冷清、萧条，老人和小孩成为主要人群。收垃圾的车辆从上街头开下来，仍然是一对夫妻，不过三轮车可能已经无法满足日常需求，东风卡车的轰隆声绝尘而去。

听人说镇上已经开始修建垃圾填埋场和污水处理厂，各村也都成立环保志愿小分队，常态化开展清扫清运回收垃圾，宣传环保知识，相信在未来它们必定会为人居环境整理和自然环境保护提供有力保障。青山绿水已经成为越来越多人的共识，千里巴山是嘉陵江和汉江的分水岭，亦是四川盆地和汉中盆地的地理分界线。回望巴山，往事如烟，但一幅新的生态画卷正徐徐展开……

第二辑·生活

迁居

　　房子是一个伟大的发明，从穴居的山洞到房屋是人类文明社会的一大进步。现在我们能从史料中寻找到些许蛛丝马迹，有明确记录的房屋最早的发明者叫有巢氏。其名初见于诸子百家时代。《庄子·盗跖篇》曾有以下的记载：

　　　　古者禽兽多而人民少，于是民皆巢居以避之，昼拾橡栗，暮栖木上，故命之曰"有巢氏之民"。

　　到了战国晚期，韩非也曾讲到有巢氏，在《韩非子·五蠹》中有专门的记录：

　　　　上古之世，人民少而禽兽众，人民不胜禽兽虫蛇。有圣人作，构木为巢以避群害而民悦之，使王天下，号曰有巢氏。

　　两处文献均记载了我们的先民曾受到禽兽虫蛇的侵扰,有巢氏"构木为巢",发明了巢居。房屋是人类社会发展的必然结果,不管是构木为巢,还是以土盖房,以砖砌楼,都必须发挥力学的作用。从我们使用的诸多木器和传统建筑来看,卯榫结构是关键。

　　当我从母腹里出来的时候,母腹便是居住的第一间房子。我们一生不同的时段会待在不同的房子里,游走于各种各样的房间,每次不过是暂居。不知道有人是否统计过人的一生大概住过多少间不一样的房子。在我的老家,不管一个人有多大的成就抑或是他有多么的失败,只要他有一处安身之所便可立足,便可有颜见祖宗。

　　一间房子,便是一段往事。

　　一间房子,便是一部脐血的长歌。

　　一间房子,便是一栋尘封的博物馆。

首　居

　　那是一个热闹的年份,爷爷和婆婆都还在世,虽然爷爷那会儿已经被病魔折磨得骨瘦如柴，但他面对那时他唯一的孙子从来没有表现出任何的难受。爷爷的脾气太好了，他所有的孩子中没有一个人的脾气和他一样。现在想来或许是他的孩子们都太过年轻，还没有过多的经历人事沉浮。平时干活儿的时候，一大家子的劳动力齐聚在一起。中午大太阳的时候，大人们手里端着饭菜在屋檐下蹲成一排，好不壮观的样子。人多必然会生出是非来，虽然一大家子不断因为鸡毛蒜皮的小事而引发争吵，但终究还是在可调节的范围内。

引发分家的矛盾似乎在我。主要有两件事加剧了母亲和婆婆之间的矛盾。第一件事，我已经不记得了，只能在母亲的话语中寻觅蛛丝马迹。母亲和众人一块儿下地干活儿，把我留在家里让婆婆照看，婆婆同时负责做饭。婆婆在灶屋里洗菜、切菜，我一个人在堂屋里爬来爬去。婆婆可能是为了我玩得更加尽兴，把木桶里的水舀了两葫芦瓢倒在了地上，地面原本就不平整，水在地面上形成了一个小水洼。我玩得十分开心，婆婆在灶屋里炒菜亦是风生水起，两人互不干扰。当母亲从地里带着一身的疲惫和汗水回来的时候，见我浑身是泥，像是从池塘底子里拔出来的一样，活生生的一个"泥人"——袖珍版的兵马俑。如果是别人看到了一定会哈哈大笑，但她是母亲，这事就变得严重了。母亲这顿饭没有吃婆婆做的一饭一菜，整个中午她都在忙着给我清洗，而家里又没有自来水，她背着我朝水井的方向走去。等我们回来的时候，两个人身上早就湿透了，为此母亲和婆婆有好几天都没有说话。从此，不管是下地干活儿还是睡觉，母亲都把我拴在身边。

另一件事则是我有深刻印象的。那天家里来了很多人，婆婆扶着让我爬楼梯，她用手拖着我，我越来越高也就越来越开心，笑声也跟着不断攀高。当我爬到第五级的时候，不知道是谁喊了婆婆一声，她一回头，一分神，我从楼梯上垂直而下，摔了一个狗吃屎。哇的一声，不爱哭的我有了一场酣畅淋漓的表演机会，据旁人说哭到最后都没有眼泪了，但整个胸腔一直在抖动。这次摔倒的直接结果就是把我的鼻子摔成了家族中唯一的塌鼻子。

生活的一地鸡毛每天都在上演，每个人都打着自己的小算盘，长辈们最终决定分家。父亲一共分得两间房，一间厢房用来居住，里面摆着一张床，床旁边是母亲陪嫁的漆木黑箱。厢房上面还有一层用竹条铺成的二楼，用来堆放粮食和杂物。和厢房相接的一间屋子被父亲用来日常取暖和做饭用。家里人多，能分得两间房已经很不容易了。二伯那会儿刚成家，才分得一间房。或许是因为我们家有我的存在，才多分了一间房。

分了家，一切都得从头开始。没有分家之前，各个房间都是连通起来的。分家之后就要把原先的门卸掉，再用土墙回填。其实也可以不用卸门，封堵即可，但是自立门户以后，我们便要在自己的屋内重新开一道通往外界的大门。大门是一户人家的底气所在。只有有了大门，才能算作独立的一户人家，从此他们便彻底与家族分离出来，出席任何红白喜事都代表的是这一户人家，因而，大门也就成了一户人家的脸面所在。回填的那堵墙不仅仅是一道物理意义上的墙，更是一道心理意义上的墙，从此彻底分离开来。当我们再次从原先的门进去的时候，除了广义上的家人还多了一层客人的意思，一切都变得客气而生疏起来。这样的变化，没心没肺的小孩子当然无法完全体察，大人们把想法埋在心底而不说出来。

父亲做的第一件事就是请人来在外间的这间房打地炉子，又在旁边砌了一个可以用来放两口大锅的土灶。两口大锅除了用来炒菜,还在于有足够的空间来煮猪食。那不过是一间十平方米的房子却放下了那么多的东西,真是十分神奇。地炉子,深埋地下的温暖之源。所谓地炉子,就是在低于地面的地方修建炉子,我看见匠人在地面上挖出深长的圆洞,圆洞底部伸出一个炉门,炉门外面是掏空了的炉坑,便于空气流通,亦可用来堆放燃过的煤炭,坑口盖上木板。地炉子廉价又保暖、节能且使用范围较广。又平地砌了灶,这间房就成了灶屋。第一次往灶洞里烧火的时候需要先烧一炷香,敬一敬灶神。在我们那里有这样一个不成文的规定,迁居到新的房子里,人可以先不住进去,但是地炉子里必须有火种,这象征着香火的延续,也象征烟火,日子越过越红火。

两间房子,三口人,非常拥挤。尤其是灶屋,到了冬天,地炉子要烧煤炭取暖,灶上不仅要用柴火煮猪食,还要留一根燃着的柴火放出烟雾来熏腊肉。进出屋子十分刺鼻,煤炭烟雾与柴火烟雾搅和在一起,产生了奇妙的化学反应,常常人还没有出门,眼睛里的泪水就不自觉地先滚出来了。更多的时候,我觉得不是在熏腊肉,是在熏人。房屋一下子像是老去了很多岁,室内墙皮似老腊肉一样泛着光,墙角的蛛网落上了厚厚的一层灰尘。进进出出都要侧身而过,虽然一切都显得异常逼仄,但是父亲和母亲的脸上永远充满了欢乐。他们已经做好了吃苦的准备,这是属于他们的房子,也是属于他们事业的新起点。在这两间房里,我们留下了太多的欢乐。我记得有一次,外面下着瓢泼大雨,屋里就开始漏水,石板被风吹得移动了位置,屋里就被切割成了若干个水帘洞,瓶瓶罐罐,所有能盛水的东西都派上了用场。我看见盆里面装满了发黑的液体,像一盆墨水一样,我知道这是雨水经过被烟熏的楼层又带回了曾经的证据。父亲和母亲安然地睡在床上,似乎这一切都与他们无关。只有我一个人在屋里忙来忙去,盛满了水的容器被我一盆一盆地端到外面倒掉。我推开门,风呼呼地朝里面涌入,如果不使劲儿去关门就会把它们放进屋里。

等我忙完这一切,他们像是约定好了一样,起来摸了摸我的头,然后夸赞我真懂事。是的,那时候,我也是这样认为的,可是后来我发现他们是故意的。有一次,我非常生气,我从楼上找来了尼龙绳子,把他们的脚绑在一起。可是,时间过去了很久,他们依旧保持最初的样子。我以为他们是睡着了,外面的风雨扯出了天上的闪电和雷声,我感到非常害怕,我想把他们叫醒,可是他们无动于衷。我只好躲在墙角,双手捂住耳朵,雷电过去以后,我赶紧把那些漏进房子里的雨水倒在外面。我的裤腿被雨水溅湿了,它们贴在肉上,像是敷了一层药膏,让人浑身不自在。当我回到房子里,他们还是保持着最初的样子,这让我产生了极大的困惑。

一种不祥的念头在我的心里涌起,我伸出了手指,朝着他们的鼻子前探去,似乎没有呼吸,我把手抽回来放在自己的鼻前,我记住了这种感觉并以此来验证。我再次把手指放在母亲的鼻子前,没有任何变化,我又把手指放在父亲的鼻子前,还是没有感受到一丝的气息。我在心里想,完了,完了,他们死了。我再也忍不住,大声哭了起来。一个人手足无措,我赶忙跑去解开他们脚上的尼龙绳子,不知道是因为恐惧还是因为紧张,我拉错了活扣,绳子在他们的脚上形成了一个死结。无论我怎么弄,就是解不开绳子。我绝望了,哭得更大声了。我跑去厨房,把椅子搬到土灶跟前,人站在椅子上,拿起案板上的菜刀就往母亲那边跑去。我用菜刀在尼龙绳子上来回游移,菜刀并没有我想象中的那般锋利,整个过程持续了大概有一分钟,我终于把绳子割开了。这时,母亲和父亲再也忍不住,哈哈大笑起来。我的脸上明明还挂着泪珠,不知为什么我像是捡到了从天上掉下来的馅饼,跟着他们一起笑了起来。我说："吓死我了，我还以为你们死掉了。"母亲一把我搂在怀里，说："傻孩子，我们还没有看见你长大，怎么会轻易死去呢。"

　　没过多久，两间房实在是有点紧张，父亲又在灶房的基础上向外扩建了一间，这一间房正好盖在核桃树底下。父亲没有请人，他自己一个人筑起了三面墙，添了梁，盖了石板。这下子，我们有了三间房，从里到外形成了一条直线。新盖的那间房像是后娘养的一样，与里间的两间房格格不入，有一阵，甚至还裂开了一条缝隙，我们都以为它会倒下，只有父亲坚定地认为它不会倒。他说只要有人住，房子百年不倒。在我童年时代，我时常借着屋外的核桃树爬到房顶，看村庄，看群山。受了气，添了委屈，我也会一个人爬到屋顶，那里是我的秘密花园。我有时候走到婆婆的房间上，趴在屋顶，扒开脚下的石板，透过缝隙看她在干什么。从高空俯视，视角不同，有一种偷窥的快感。重要的是我在暗处，一般不会被发现。但也有马失前蹄的时候，如石板质量比较差就会踩破发出动静来，被大人的花言巧语哄骗下来，再挨一顿板子。严重的时候，玩得尽兴了，掀开的石板忘记复位，下雨天屋里就遭殃了……

我们一家三口终于有了三间像样的房子。母亲和父亲在后院里盖了猪圈，他们买了幼猪崽。白昼短的时候，大人们一天吃两顿饭。母亲给猪每天都是铁打不动的四顿猪食。猪在母亲的悉心照料下，长势非常快，人们路过时总要夸一句母亲会持家会养猪。可是，没有想到却因此招来了别人的红眼。

我是在半夜醒来的，是母亲的哭泣声把我从梦境中拽出。我循着声音从窗户上的玻璃朝外看去，银色的月光下，猪圈那边有几簇火把在燃烧，众人和大伯正在说着什么。风把他们的声音加密了。我赶紧起身穿上衣服，不知道外面发生了什么，但我知道肯定是一件大事，作为这个家庭的组成部分，我必须参与到其中。我推开堂屋的大门，沿着核桃树往猪圈走去。猪圈里所有的猪都趴下了，母亲坐在板栗木围栏上独自啜泣。我没有看见父亲，便在人群中寻找父亲。父亲从斜坡上上来，月光被他脸上的汗珠再次折射。父亲的手中拿着从艾蒿堡夏家割来的仙人掌。他把仙人掌拿到铝盆里剁碎又添了一些水，纵身一跳，进入猪圈里面，他用家中唯一的汤勺，一勺一勺地给猪们喂下去。其中最大的那头猪已经双眼翻白，喂进去的汤汁完全吐了出来。大伯喊了一声："老三，没必要了，这头猪救不过来了。"父亲不甘心，仍旧尝试了一下，那些汁液果然又被吐出来了。父亲只好去喂其他的猪，整个世界笼罩在一片白色之中。我们一起蹲守了一个晚上，最终只救回来了一头最小的猪。

那些猪因为吃了别人下的老鼠药而最终没能活过来。母亲哭着抱着我："你记住，长大了，一定要有本事，要不然就会被人欺负。"那时，我懵懵懂懂，不知道说些什么才能暖和母亲的心窝。我只好点了点头。母亲说："这不是天祸，而是人灾，是人心长歪了。"她说她知道是谁干的，只是她不想说出来而已。那会儿，我还一个劲儿地追问母亲是谁干的。母亲没有说话，父亲把我抱走了。有一点是可以确认的，那人一定是来自我们身边的亲人。母亲只是不想过早地把仇恨的种子种在我的心里。

天亮以后，父亲在后山挖了一个大大的土坑，把圈里的猪一头一头背过去。四头大小不一的猪平排在一起像是一窝长出来的四棵萝卜，肥肥的、白白的。父亲往猪身上铺了一层稻草，撒了一层白石灰给埋下了。从此以后，我们家就种上了仙人掌，后来又搬了几次家，不管走到哪里，母亲都要把仙人掌带上，母亲说，关键时候它能救命。母亲说，过去有人想不开服毒，送医院又路途遥远，就把仙人掌剁碎了灌下去。没有仙人掌的用肥皂水也可以催吐，实在不行的也可以往嘴里灌大粪。关键时刻，不拘小节，救人性命为上。我从来没有想过满身是刺的仙人掌还有这个作用。

六年前，我毕业了，决定留在新疆。暑假的时候我回到老家接我的弟弟过来玩，我们一路坐火车穿越河西走廊，到吐鲁番中转。三天两夜过去了，快到吐鲁番的时候，我发现弟弟的脖子肿胀得厉害，打电话给母亲，母亲说腮腺炎犯了，到站以后弄点仙人掌敷上就可以了。我们从吐鲁番火车站出来，地上热浪滚滚，临近火车站的几家诊所都关着门。无奈只能打车去找仙人掌，好几个维吾尔族司机都听不懂仙人掌是什么。终于搭上一辆车，司机听懂了，却要我包车。看着弟弟痛苦的样子，我只好同意。他带着我们从郊区走到市区，最终来到一片生态园，是一对甘肃夫妇的苗圃。他们非常热情，不仅赠送了我仙人掌，还从药箱里掏出纱布和我一起帮忙包扎。而我能回馈给他们的只有非常单薄的"谢谢"二字。仙人掌作用非常明显，等我们到南疆的时候，弟弟已经恢复如常了。

最早的那三间房，其中一间（父亲盖的那间）出现了裂痕，当时又碰上了绵绵的阴雨天，镇上的干部到我们家走访，说现在有政策，可以盖新房。半年以后，我上二年级的时候，他们开始动工，请来风水先生推演方位，最终大伯家的一块地比较适合盖房。我们用另一块土地和大伯做了置换。

后来为了躲避计划生育，父亲和母亲去河北打工，父亲在矿下不小心被滚下来的石头砸伤，小腿粉碎性骨折。怀有身孕的母亲一边要照料父亲还要一边给矿上的工人做饭。快到年底的时候，父亲和母亲一起回来了。他们出去的这一年，我平时寄住在大伯家。他们回来时也只能住在大伯家。一年没有种庄稼，没有养牲畜，家里什么都没有。父亲是大伯请人用竹竿夹着藤椅抬上山的，母亲则是等到深夜以后回来的。为的就是要掩人耳目，不能让人发现她肚子里怀着孩子。母亲回来以后晚上就住在老房子里，白天就爬上二楼，我把饭菜从楼梯给递上去。母亲出去上厕所的时候，我站在远处放风。可是有一天她出去的时候还是不小心被一个老汉给看到了，所幸这个人有点痴傻竟一时没有认出母亲来。

随着爷爷和婆婆的相继离世，热闹的画面存留在记忆里。大多数人也从山上搬到了山下的安居房。我们最早的那三间房还都空着，它们成了老鼠的天堂。我回到故乡的时候，只要时间充足，我都要到山上去转一转，看一看当年的房子。那些陈旧的墙皮、土灶、老式窗户都还在。大门上的铁锁早已锈迹斑斑，我探身往里面望去，地面上落满了一层灰。那些过往的岁月都在眼前浮现。我推开大门，从前屋走到后屋，前后不过十几米，却仿佛走过了三十年。

　　我看到卧室里墙皮上涂了一层石灰，有的已经裂开，甚至脱落了，还看见白色的墙皮上写着拼音字母和阿拉伯数字。我想起我学的第一个拼音、第一个汉字、第一个数字、第一首古诗都是母亲教的。我的名字，笔画繁多，字形复杂，母亲必定费了不少心力。上学前我已经会写自己的名字了。那年我四岁，母亲把我往她的双腿间一夹，我就动弹不得。母亲在教学上极为严苛，每天都要写完好几页的拼音才会放我出去玩。如果没有母亲给我打底子，我入学以后的成绩将不可想象。我看着窗户上还糊着当年的报纸，那是父亲从村主任家要来的。他时常挑出一些简单的汉字指给我认，一遍一遍地读给我听。后来不知道为什么，这张报纸只剩下了有图片的那一角，如今那位领袖已离开人世。那个时代终究是过去了。

　　进入新世纪的头一年，我们还住在这间房子里。白天，我去上学。父母既要修路，又要盖房，还要忙活地里的庄稼。现在的我无法想象他们是怎么均衡时间的，又是怎么扛下这繁重劳动的。唯一能解释得通的理由就是对生活充满了希望和无限的向往。我二年级的时候，换了老师，就是在糖房里卖货的村干部之女。碰巧的是她也姓夏，她接手的第一天我就看到了母亲的身影。那天下午，她布置了语文作业，非常随意，翻到生字表第一页，也不管我们学了还是没学，要求我们把所有的生字和拼音每个写两行，并且放出狠话来，明天一上课的时候就要检查，写不完不能进教室。

　　我们过去从来没有过作业，全是放羊式教学。这一下子打乱了我们的节奏，我记得我写到深夜快十二点了还没有写完，好巧不巧的是又停电，最后我连眼睛都睁不开了，父亲又帮我写了一阵子，才算写完。那天作业量确实比较多，严重超负荷，夏老师大概是知道我们放养已久，必须下一剂猛药才能奏效。夏老师布置的作业一次比一次多，基本上一个星期就要写完一个作业本，正面写完了，背面继续写。等我第二天早上背着书包到学校的时候，我发现教室跟前的水泥台阶上已经跪了满满一排的学生。夏老师走到我跟前，让我掏出作业本,整整一个作业本都写完了。她脸上露出了难得的欣慰之意,夏老师让我进了教室。不进教室还好,进去了以后反而更加忐忑了。偌大的教室里空无一人,我一个人坐在课桌前,浑身不自在,像是有一只无形的蜈蚣在我的体内爬来爬去。我只好强装镇定,从书包里掏出书来。我发出的声音像是从高空落入水潭的石子,我能听见自己的颤音也能听见自己的回声。夏老师走到我的身旁,轻声细语地问我会不会读,我受宠若惊,紧张得说不出话来,感觉她想要吃人似的,随时都能张开血淋淋的大口,要一口把我吞掉。

她好不容易走出了教室,我紧绷的神经刚松弛了下来,她又敲响了下课铃声。过了两分钟,我走出教室,探头往外望去,大家都在奋笔疾书,没有一个人敢抬头。我又蹑手蹑脚地回到了座位上,我听见学校对面那户胡姓人家在跟夏老师说:"你布置的作业太多了。"夏老师没有理他。他又说:"晚上停电了。"夏老师便把我搬出来说"人家咋就写完了",怼得那人哑口无言。我知道那人正是双胞胎的大伯,我在另一篇文章中有提到,一年级他们搬回去四个蛋,于是又留了一级。两个人长得一模一样,我平时基本分不清谁是谁,总会把他们认错。铃声又响了,要命的事情来了,夏老师竟然进来给我一个人上课，她提出问题便不再具有选择性，我只能硬着头皮回答，可又总是答不到点子上去。整个早上，她都在给我一个人上课。到了中午饭以后才有人陆续把作业补完。有个比较有意思的事情，那天晚上作业量大，便有人偷懒，在开头和结尾各写一字，中间全空着，还不止一人这么干。

坐在教室里的我也是愧疚的，因为我的作业有一部分是父亲代写的。经过这件事之后，再也没有人敢不完成作业了。有一次，一位姓卢的同学因为调皮，课间在课桌的侧面写满了骂人的方言，夏老师看到之后非常生气，命他用舌头全部舔掉。我以为只是她一时说的气话，等上完厕所回来，我那同学果然舔干净了，满嘴的粉笔灰，五颜六色，像是涂了非常奇怪的口红。还有一次，他做错了十几道算术题。夏老师的规定是，做错一道要打手掌心十下，为了省事，为了拉满情绪，也为了震慑其他同学。她在旁边专注地负责"行刑"，我负责"监刑"，让我数数，我便悄悄地放水了。现在想来这么幼稚的做法，她应该早就知晓，可我仍不理解她对那位同学的惩罚，伤及人格。我不知道在他的心底留下了什么样的阴影。但有一点，夏老师接手之后，我们的成绩呈直线上升,这大概和乱世用重典是同一个道理吧。后来,我当过一阵老师,在高原上学生的情形和我们当初差不多,我亦是沿用了夏老师的做法。当我想起我的那位同学时,我便感到一阵唏嘘,态度便温和下来。学生怕老师,我以前会觉得老师有多么厉害,现在只会觉得有多么失败。我们不应该简单粗暴地把成绩视为一切,师生之间的壁垒一旦形成,便很难有光照进来。

那已经是二十四年前的事情了。

时间过得是真快呀!

二 居

房子已经被推掉了,它们以自己的形式回归了土地。它们用绿色替代了荒芜,平整的土地上作物萌发出古老的语言和血液。它们在方寸之地交替繁衍,以大地生长的方式彻底地回归了自然。这是它们的真正归途,亦如我们所期盼的一般。这是我们与大地之间的契约,我们与土地是生命的共同体,我们完整地把一座房子变成一块土地,从一家人的房屋变成蚂蚁的房屋,变成虫鸟的房屋,变成草木的房屋。

　　这几间新房在盖的时候，我和父亲一起在水井路上搬运过石头，那些石头被匠人们用铁锤敲成方方正正的样子做了地基。为了搬运这些石头，我的膝盖上还留下了几个疤痕。房子盖得特别快，像是从地里长起来的一般。刚开始还没有我高，不过几日的工夫就蹿起来了，慢慢有了城墙的样子。随后便有了房子该有的样子。房子在建的过程中会有自己的表情、神态、语言、气质。这个过程十分奇妙，像是凭空多起来的土堆突然间有了生命。我曾站在墙下，看着他们用一根白线绑着一块石头，石头垂到地面上，以此来确定夯筑的每一层土墙都能保持足够的精准。

　　夯筑的过程非常讲究，用什么样的泥土，泥土与石子和水的比例都要恰到好处，既能在粗粝中保持坚固又能兼顾美观度。建房的时间持续了一个完整的学期，它们走过整个盛夏，以独特的个性、非凡的定力伫立在山腰。它接受树木的献辞，群山的朝拜，万物的奏乐，溪川的朝贺。它已经拥有一座房屋应有的骨骼，它将成为我们生存的寄托。一台巨大的"电脑"主机已组装完备，程序待命，磁条随时嵌入准备运行。

　　这次盖的三间房在秋日里完工，整体呈左中右结构。最左面朝阳,一大间被分隔成两部分,里间的用来做卧室,外间的用来做火龙屋,请人打了地炉子。两小间只是中间加了一堵墙,从楼梯上到二楼又保持了通畅,有足够的空间堆放杂物和粮食。中间的一大间作为堂屋,主要用来放置鸡舍和堆放煤炭。最右边的一间房靠阴,中间被隔断形成两小间,前面的一间用作灶房,里间作为我的卧室。就这样,我终于有了第一间属于自己的房子,第一次有了属于自己的空间。尽管它还不能完全属于我。那个时候还没有安门窗,房子里一片黑暗,可我的内心还是充满了光明。我的卧室并非完全独立,没有门,就没有办法完全隔绝,还要承担着堆放粮食和杂物的功能,但对于我来说这些都算不了什么。在黑暗中时间久了能对周边的事物异常敏感,只要有一束微弱的光透进来,便可以看见周遭的一切。即使没有光,也能在记忆图谱中找到准确的位置,这可能是我视力比较好的成因之一。

老房子到新房子之间的距离不过一百米,但我们的生活居住条件却发生了很大的变化。那时我们自己家有林场,盖房的前一年就伐倒了几十根树木,提前晾干用来盖房用。松树最佳,其次是榛木、板栗树,最差的是泡桐树,泡桐树虽然长得快、长得粗，但过于轻盈，难挑大梁。我在新房子里睡的床是用两块板栗木拼接起来的，睡起来虽然坚硬却也很舒服，但要放在现在恐怕又受不了那份苦。木匠在做这两块板子的时候，父亲早就想到了它的另一个用处——杀猪时用来做案板。后来，我发现它还有另外一个作用，那就是当乒乓球案子。

父母外出务工的那一年，我寄居在大伯家里。农闲时，我就在新房子里把这两块板子拿出来，放两个高角板凳，两块板子一拼，中间再放一根木棍，一个简易的乒乓球案子就搭好了。我邀请同学到家里来打球，有时候大伯也和我们对打一局，可见那个时候对乒乓球的痴迷程度。这个爱好，我一直保持到现在。即使毕业工作了以后，我也曾在租住的六层顶楼买了一个乒乓球案子。物流把货送到楼下，我一个人将整个案子背到六楼的客厅，中间都不曾休息过。那个时候，真是年轻呀，浑身有使不完的劲儿。现在想想，我都佩服当年的自己。乒乓球案子放在客厅里并没有发挥多大的作用，每天下班都已是深夜，拖着疲惫的身体只想早点进入梦乡。案子成了一个摆设，成了一个无名的路牌、一个过客，每日都从它跟前路过，但又仅仅是路过而已。在城市里打乒乓球似乎成了一个小众的游戏，独角难唱戏，后来我又开始教妻子和我一起打球。这样的日子终归是少数。到第二年我搬家的时候，我发现我一个人竟然没法把它弄到一楼了。它在楼里待了一年，像是长了身体一样。我只能请来同乡的好友，两个人蹑手蹑脚从楼上抬到楼下，两个来回才搬下去，他怀疑我当初是怎么弄上去的，毕竟我们两个人都已经累得虚脱。最后一次搬家的时候，我离开了那个小区，只好把案子赠送给社区。有一回取快递路过的时候，我看见社区正在举办老年人乒乓球大赛，人群围着案子像是涌动的湖泊。我看见大爷大妈脸上的笑容，觉得它终于找到了属于它自己的位置。

或许是因为足够黑，我在新房子里睡的头一个晚上，睡得非常沉。那晚，我做了一个奇怪的梦。我梦见我们家屋檐后面有一座坟，坟里有一个老人，耳朵上还戴着一对耳环。苍白的面容之下又有一股安详的气息，她静静地躺在棺材里，浑身穿着藏青色的老式寿衣，戴着一顶红色棉绒的帽子，四周一片黑暗。奇怪的是，我梦到这个场景时却从未有过一丝害怕。天亮以后，我把这件事告诉了母亲，母亲呆立在原地，过了好一阵才从惊吓中回过神来。母亲叫来了父亲，又让我重述了一遍梦中的内容。父亲说："我们三个人昨晚做了相同的梦？可能是我们大意了，盖了新房，我们住在这里就和屋后的仙人（指死去的老人）是邻居了，应该要烧一炷香的。"父亲说完这话，我总感觉后背发凉，似乎屋后面有一双眼睛盯着我们一样。我转过身来，一个人影果真出现在我的眼前。来人正是住在糖坊里的夏×清，他说今天是他娘的忌日，他刚在坟前烧了纸钱，上了香表。父亲给他倒了一碗明前茶，上了一根纸烟，并用手捂着打火机给他点燃了烟。父亲把我们的梦讲给他听，他大吃一惊，眼泪就哗哗地往下掉。我只见过小孩挨打哭，却从没见过大人在没有任何征兆下哭泣。我们像是看表演一样，他哭完了以后，喝了一口茶，又把杯子放到地炉子旁，母亲往茶缸里添了开水。夏×清用衣袖抹了抹眼睛，才缓缓说道："那是我母亲入殓时的样子，难怪我最近几日总是梦到她，她最后的衣服、鞋子、帽子都是我给她穿的。"我想不明白，他母亲下葬的位置为什么和他住的地方那么远？这个距离要是请人抬棺可不是一件易事。我没有来得及问他，可是又觉得不妥，毕竟大人们说话没有我们小孩插嘴的份。可他们又总是在聊死人的故事，我又觉得非常有意思，打算继续旁听下去。就在这时，阳坡大院子里的放牛娃在外面喊我出去捉迷藏。我带着不舍，离开了他们谈话的现场。不知道为什么，我没有去问父母，他们最后说了什么。或许是，我的玩心太重，任何事都像是一阵风一样，过去了就过去了。不过，每年寒食节、清明节、端午、中秋节、除夕的时候，总能看到他提着一个黑色塑料袋过来上坟。只要看到他，我总会想起我们的屋后还躺着一个人，那个我们素未谋面的邻居。

　　如今，夏×清也是六十多岁的老人了。那年，我回乡结婚，到山上去看望我婆婆，婆婆一直守在老房子里。我骑电动车从山上下来的时候，在一个大转盘遇见他，转盘的另一侧是几十丈高的悬崖。连续的下坡路，我双手捏紧手闸。我跟他寒暄了几句，把妻子介绍给他认识。我看见他双鬓斑白，总感觉恍若隔世，熟悉的人都在渐渐地老去，甚至死去。不过是简短的几句话，却又心生悲凉，很不是滋味。他上山，我们下山，他一直望着我们走到拐弯的地方才继续往上走，他和我非亲非故，他看到我一定会想起诸多往事来吧。我跟妻子说："我在山上上学的时候，每天都要自己带午饭，怕饭会凉，就把洋瓷碗放在他们家的地炉子旁煨着。"

　　我们拐过弯来，我看着他逐渐远去模糊的背影。"真像呀！"我慨叹道。妻子问我像什么。我说："和一个梦里面的老人很像。"妻子拽了拽我的胳臂，说："你别吓我，净胡说。"我笑笑，只有我自己知道，我并没有胡说。我们继续迎风向山下驶去，此去，行至薄暮，要到何时才能再回这里，这一次，我真的不知道答案。下至河谷，我把电动车停在河边，用河水清洗双脚和车轱辘上的淤泥。那些混浊的泥浆被流水洗净，那些记忆是否也会随着流水而消散？

我们从老房子迁居到新建的土墙房，吃水是摆在眼前的首要问题。日常吃水还是要到水井弯去挑水，为了牲畜用水，父亲带着我从灶房外面挖出一条土路，土路经过阴坡的一块地。地的尽头是一条被雨水不断冲刷的阴沟。父亲觉得这个地方一定能够挖出水来。我为他的一厢情愿感到荒唐，要是能挖井，这样的好事怎么会等到我们来捡这个便宜呢。但我并没有动摇这个念头，父亲充满了自信。他在阴沟里挖出了一个方形的土坑，他的身高不断地变矮，一撮箕一撮箕的泥土举过头部，我站在坑的边缘接过父亲递上来的泥土。泥土逐渐从干枯变得潮湿、黏稠。我想象中的井水并没有出现。不过父亲并不慌忙，他让我跳进土坑当中，我们站在坑底不停地跳跃，像是获得了某种巨大的喜讯一般。父亲拿出工具让我不断地敲打坑沿的四周,让它变得结实。忙完了这一切,我们的额间早已冒出密密麻麻的汗珠,汗滴落进我的嘴角,咸味让我不自觉地吞咽口水。我们是多么渴望有一口属于自己的井呀!我们又一起到地边上的丛林中伐倒了一棵碗口粗的桦柳树。桦柳树的皮可以剥下来,往火上一烤它就自己卷成了一根烟似的,再用火点燃,插在用尽的墨水瓶子里,便可以用来照明。它比煤油灯更适用,煤油灯有味儿且光非常微弱,十分伤眼睛。桦柳树皮的缺点在于燃烧的速度过快,大概也是因为这个原因才没有大面积推广,否则该是桦柳树的灭顶之灾了。我们将桦柳树的枝叶拖至井口,又去割了一背篓的茅草,在土坑的上方搭了茅草棚。父亲说:"这样风就不会把脏东西吹到井里面了。等着吧,明天我们的井里一定会装满水。"

等我们忙活完这一切,月亮已经从西边升起,殷红的样子像是刚从母腹中剖出来一般,血淋淋的,有点瘆人。我感到害怕,可我更害怕一下午的劳动付诸东流。那一晚,我突然间有点兴奋,我在脑海深处不断地想象着井水装满整个水池的样子。我在黑暗中享受夜的独奏,我不知道自己是在何时睡着的。堂屋里的公鸡开始叫第二遍的时候,我听见了母亲开门的声音,接着是她在院坝里洒水,清扫。母亲的动作异常老练,像是一个交响乐团中坐在前排的首席小提琴手一样,风路过的声音、猪吃食的声音、水滴从叶子上滑落的声音、飞鸟钻进墙洞的声音,猫咪捕鼠的声音……它们都成了伴奏,长条竹枝扎成的扫把在地面上一次又一次试音,调弦,随后在地面发出悠长而又清脆的旋律。这是母亲和这个世界沟通的方式,地面上的竹痕像是喧嚣的文本在独自吟唱昨晚的星光。

我忽然想到了要去阴沟里看看水井出水了没有,我草草穿好裤子,光着膀子就往灶房那边跑去。空气中弥漫着青草和露水的味道,我在水井棚子里看见了自己的倒影。我不自觉地笑了,我从来没有想过它会真正地出水。我对着水井大声呼喊,回声在井里来回晃荡,水面上震起一阵波痕,像是挂在杯子里的牛奶皮一般,清新的褶皱又快又复平,像是自己解放了自己一样。我继续对着井水做出各种奇形怪状的动作,激动得手足无措。我赶紧反身跑回去,大声地喊着:"出水了,出水了。"我差点一跟头跌倒在母亲的跟前,不过他们好像对这个消息并不意外。我顺着母亲的眼神朝堂屋里望去,两个木桶里面早就装满了水。

这口井我们用了大概有一年的时间，每天可以挑回五六桶水，每挑完一回要等一两个小时，水才能够再次蓄满。夏日里，我把木盆推到水井旁边，用葫芦瓢把水舀进盆里，再用瓢把水从头上淋下，好不痛快，身体不受控制地打摆子，肌肤一下子变得冰凉起来。凉水滑过每一寸肌肤，炎热与冰爽达成和解。因为在阴坡我也从来不用担心赤身露体会被别人看到，我在旷野之中接受着地下水的馈赠，享受着和风的沐浴。

那时，农活儿繁重，一年也吃不上几顿肉，炒菜油水非常寡淡。父亲就想喝啤酒了，可以胀胀肚子。他总是喜欢差我去糖房里买酒，每瓶外加一毛钱的跑腿费。我把酒买回来，他并不急着开瓶就饮，而是把啤酒沉入水井，等到第二日阳光最为炽烈之时再取出来，啤酒已变得异常清凉。整个夏日里，水井便成了我们天然的冰箱。

这口水井很大程度上缓解了我们吃水的窘境，但它终究还是没能留下来。有一阵，连续下了好几天的连阴雨，越下越大。伴随着呼啸而过的山风，核桃树上的核桃都被打落了下来，雨水在房顶像军事演习一般，紧锣密鼓地操练着。推开大门，能看见指尖大小的青蛙蹦来蹦去。等到雨水消停之时，山对面的浓雾之中竟然多出一方黄色来，大人们便说，那是发生了滑坡。沿途修的公路也出现了塌方，靠河一侧的庄稼被冲走了。我们走到阴沟里，庄稼倒了一片，能看见沿途都是风留下的形状。草棚坍塌，柱子被冲走，茅草被掩埋在泥浆之中，水井被冲毁，填满了淤泥，完全看不出来这里曾经有一口井。阴沟两侧大量的泥土被冲走，露出泛白的石头像人的骨头一样瘆人。

后来，没过多久父亲就去山西下煤窑，这口井也就再没挖过。它曾经清亮的眼睛看见了我们每一个人，把整个世界抱在怀里，深情的双眸是来自地心深处的语言照亮了我们的生活。一口井，就像是一座房子、一个家庭、一个人一样有属于它自己的命运。当它被塞满淤泥的时候，我们默认了它的选择，那或许就是它应有的归途。

我们在这套房子里一共生活了八年，弟弟最终在这里出生。这八年时间，是我们一家人在一起最幸福的时光。虽然土墙房内设施简单，条件简陋，但没有什么比一家人在一起还要快乐的。我在镇上上初三的时候，山下的堂叔要随两个姐姐搬迁到浙江，他们决定再也不回来了。为此，他们要把房子给卖掉。当时母亲提出要买过来，母亲的理由是山下的房子离松树庙（相当于村里的一条主街）比较近，我和弟弟上学都比较近，那时弟弟已经长到快要上学前班的年龄了。而且马路通到河对面，拉煤炭、拉肥料都比较方便，可以最大程度上节省人力。母亲的想法遭到我和父亲的一致反对，我们认为山下的房子和山上的房子没啥区别，不就是多了几步路吗，上下的时候要费点时间而已，农村人最不缺的就是时间。况且，买房需要一大笔钱，这套破败的房子比父亲的年龄还要大，实在是不值这个价。我们一时无法接受从新房子又搬回另一个更老的房子里去。可母亲的态度非常坚决，下定决心要把这套房子买下来，并且各种契约和房产证上要写我的名字。就这样我们开始了第二次搬家，这次搬家的垂直距离在三公里，但是用拖拉机搬家走马路却要十几公里。

　　多年以后，当我们再次审视当年的生活之时，不得不佩服母亲的眼界。当我们从山上搬到山下来的时候，我们的脚力就在不知不觉中变得退化了。过去一口气从山脚走到山上沿途都不带歇一口气的，后来上山一次比一次费劲儿，想来古人说的那句话真是有道理，"由俭入奢易，由奢入俭难"，诚不欺我也。其实，我们的生活远远没有达到"奢"的边界，但是我们一旦开始享受某种便利的时候，就会很容易忘记过去的艰难，细想也都挺让人害怕的，有点类似温水煮青蛙。这种变化是在潜移默化中自然形成的，当我们完全意识到这种变化的时候，上山之路确实变得不再那么容易，慢慢地，到山上的次数也就越来越少了，能逃则逃，能躲则躲。

三　居

二〇〇八年我顺利考上了高中，那会儿高中还没有实行免费教育。整个暑假母亲都在为我的学费操心，这一年她干了两件大事：一是咬牙把堂叔家的房子给买下了；二是徒步穿越洪家梁到八道河的大姑家为我筹措学费。母亲凭借着十几年前的记忆，从丛林深处走小路到了大姑家。她本可以坐班车直达大姑家门前的，可母亲为了省下来回的路费，天不亮就出门，星光闪耀之时才回家。其实，我们和大姑已经有很多年没有来往了。我的两个姑姑一个嫁在镇上，一个嫁在邻县。我五六岁的时候到大姑家去玩过，隐约一些碎片化的记忆还存留在脑海里。印象中大姑家门前有一片漆树，我对漆异常过敏,仅仅是从漆树旁边路过,露在外面的皮肤就会起一坨一坨的红疹子。大姑家门前是一道坡,他们的房子悬在山的半中央,可以在院坝跟前看见过往的班车。

那年,父亲到大姑家接我回家。天还没有亮的时候,父亲就把我从床上喊起来,父亲在灶房里给我炒了米饭。天才麻麻亮,我们像做贼一般,轻轻打开大门然后关上,我们准备不辞而别。大姑父还是起来了,他严厉地批评了父亲,然后把我们送到山下的马路边。从大姑家到松树庙的这一截路,全是重复的之字拐,回来的时候从山上盘旋而下,座位上的人一会儿被甩到左边,一会儿被甩到右边。我肚子里的那点米饭便被甩出来了,那是一次极为痛苦的晕车记忆,沿途颠簸得让人头昏目眩。所幸,在山里能够坐车的机会不多,要不然真会产生心理阴影。

有一次,大姑回娘家住了好一阵,还给我带了零食,没过几天大姑父也过来了。那会儿我懵懵懂懂,并不知道他们之间发生了什么。快到下午的时候,大姑父便领着大姑往回走。这时,我听见大伯和二伯在骂大姑父,言辞极为难听,充满了威胁的味道。大意是说,如果再欺负大姑他就如何如何。二伯甚至追了一路,要对大姑父大打出手,被人拦下才算作罢。那时，我想得简单，以为大姑是在家中受了气才跑回来的，想必都是大姑父的错。当我自己也成家以后，方知生活的一地鸡毛与复杂性。有时候，即使是我们亲眼所见所闻，也未必能够知晓事情的全貌。只有当事人，才知道事情的真相。

一直以来与大姑家的关系似乎并不亲切，倒是幺姑回来得勤快，和大家更为亲昵。或许是因为几个舅子的威胁让大姑父害怕，加上隔得也远，来往自然就少了。我不知道母亲为什么会去找大姑父借钱，她怎么能够笃定大姑父会借钱给她。按照我的判断，她会空手而归。事实上却是大姑父非常高兴，豪爽地把钱借给了母亲，并叮嘱母亲说我是我们家第一个考上高中的，一定要把我供出来，将来考一所好大学，这样就能走出山窝窝了。这是他们那一代人最大的愿景。大姑父大概是头一次得到了来自娘家所给予的长者礼遇。母亲回来的时候，两个脚板满是血泡，看到母亲为我这般操心，我又有什么理由不去好好学习呢。

高一开学没几天，父亲和母亲就组织了大规模地搬家运动，请了三十多号人分两路出发，一路由拖拉机走大路，一路靠人力背着背篓从山上往下走，一条是直线，一条是曲线。等我周五放学回家的时候他们已经完成了大部分的搬运工作,剩余的小件,等着上山干农活儿的时候顺带手捎上。

对于这个家我感到非常陌生, 以前虽然也到堂叔家去玩过,大致知道是怎么回事,可终究是以客人的身份观察着这一切。堂叔家的房子呈"L"形分布,两端是卧室,中间是堂屋、火龙屋、灶房。灶房建得极为巧妙,靠着一块巨石往外夹了三面墙,屋顶并不完全封死,有空隙可以看见天上的云。土灶旁边还有一条排水沟通往屋外的菜地里。这个厨房的优点是散烟效果极佳,缺点是光线暗淡,遇到阴雨天雨水会垂落在案板上。

我们的房子靠内侧,外面曾是另一个堂叔的房子。他们都是我的二婆婆(我爷爷的哥哥的媳妇,爷爷排行老三)养大成人的,一个是亲生的,一个是抱养的。不过二婆婆都是视为己出,看不出亲疏来。他们的名字在继承家族姓氏和排行的同时,一个后面跟了一个"田"字,一个后面跟了一个"忠"字。我分别喊他们为田叔和忠叔。忠叔的房子靠近河的一侧,田叔的房子靠近山的一侧。我们买的是田叔的房子,而忠叔则在好几年以前就把房子卖掉了,他们搬去了县城。这两套房子都是二爷爷在世的时候盖的, 听父亲说他去世的时候,请人唱了四五天的孝歌才下葬,最后棺材里都传出了异味,不断地往摆棺材的地方泼酒才遮住异味。在农村只有德望和地位非常高的人才能够享受这样的礼遇。

我六岁的时候,忠叔的儿子结婚,他膝下只有这一个孩子。当时婚礼办得非常隆重,所有的房屋张灯结彩,哥哥的新房里还有游戏机,他摇动手柄屏幕里的人就上蹿下跳。这一幕对我的冲击非常大,那会儿整个村上数不出三台像样的电视机来,其中忠叔家就有一台。哥哥娶的嫂子也非常漂亮,婚礼喜庆而又盛大,我跟在他们的身后,端茶递水,还有红包可以拿。院坝里坐满了人群,流水席一直摆到深夜。哥哥在他们那一代算是引领潮流的人,烫头发,听磁带,生活过得好不滋润,与我们的生活形成了鲜明的对比。哥哥和嫂子婚后育有一子,一直生活得非常美满。可生活又总是充满了变数。先是嫂子不小心被车祸撞成残疾,双腿再也不能站起来。第二年,哥哥在建筑工地上,路过一块临时用木板搭成的桥面时不慎踩空摔死,面目全非。那会儿所有人都知道了这个噩耗,唯独不敢告诉嫂子,害怕她经受不住打击。可是母子连心,这一切又怎能瞒得过她。生活的苦难接踵而至,让老两口的生活愈加沉重。但他们并没有被生活所打倒,仍旧带着对儿子的怀念,化悲愤为动力,直面生活。

有一年清明,忠叔带着阳阳(哥哥的儿子)上来给二婆婆上坟,他说起阳阳已经改回了他们本来的姓氏。我不知道该说些什么,不过十来年的工夫,我们的身份调换了,此刻他们是客人。阳阳越长越像哥哥,这或许是忠叔所剩不多的欣慰吧。上大学的时候,有几次从县城里路过,忠叔都发出过热情邀请,终究因为其他琐事未能成行。前年,母亲在县医院住院治疗,我和妻子又抽不开身。想来想去,无奈最后只能找到忠叔,电话那头忠叔满口答应,没有半句推诿,我这才心安。已经有十多年没有见到忠叔了,细算起来阳阳或许都已经成家立业了。虽然忠叔给阳阳改了姓氏,认祖归宗,但在我们的心底我们一直都是家人。

我们搬到田叔家的时候,地里的苞谷还没有收,母亲领着我去认每一块地,她告诉我以哪个地方为界,生怕我以后考不上学,回来种地不认识自己家的土地。田叔留下来一张大方桌,高高的,有三个抽屉,一直以来我都想要一个像样的书桌。还没有搬进来之前我就已经盯上了这张桌子,当我从学校里回来的时候却发现母亲摆上了杂物。我当即把桌子里里外外清洗了一遍,可是我的卧室却摆不下这张桌子,我不得不作罢。我想象着有一天有了自己的房子，一定要弄一间书房，弄一张书桌，书桌上铺满宣纸，每天都要写几个毛笔字。我沉浸在美好的想象当中，知道眼下没有办法满足这些。眼下，我们最需要的是生存，是生活，而不是这些不合时宜的诗情画意。

这个家有一阵让我感到非常恐惧，因为二婆婆就是在父亲他们住的那间房里服用敌敌畏走了的。我不知道他们睡在那一张床上是否会感到害怕，我只知道我晚上出大门去解手的时候，总会不自觉地想到二婆婆，好像一转头就能看见她似的。高一那年寒假，父母带着弟弟南下去看外公外婆，彼时外公已经病重，他们还从来没有看到过这个外孙。母亲说，外公最想念的并不是弟弟，他一直挂念的都是我，因为从小看着我长大，他对弟弟并没有多少感情。那会儿他已经九十三岁高龄了，母亲他们过去之后的半个月里，外公的病情不断好转，还吵嚷着要吃从老家带过去的猪蹄子，大家都说自从住院以来从没有见到过他有这么好的胃口。大家都以为老爷子会熬过去，父母已经准备返程了，走到成都的时候接到三姨的电话，说外公断气了，原来之前不过是回光返照。三姨说外公去世前嘴里一直在低声断断续续地唤着我的小名,电话这头的我早已泣不成声。我感觉到胸口上有一口气一直出不去,眩晕,甚至带着一点恶心,我知道在这个世界上又少了一个疼爱我的人。我走到院坝里,也顾不上漫天的大雨,朝着四川的方向跪去,嘴里大声念叨着:"外公,一路走好!"我开始为自己感到懊悔,一年以前我曾南下成都去看过外公,当时还给他买了一条贴身的棉裤,外公一直和三姨住在一起,我觉得有点难为情,那条棉裤最终没送出去,又被我带了回来,终究变成了遗憾。也就是在这段时间,我一个人在房子里,慢慢适应了这套老房子,不再变得恐惧。我想即使二婆婆回来也不会吓我,因为我们是亲人。

母亲他们在四川参加外公的葬礼,日子逼近年关,听人说起最近有一帮来路不明的小偷专门偷腊肉。这话传得神乎其神,说有的人家腊肉全被偷光,屋里的门窗却是好好的,不见有撬动过的痕迹。就是想不通小偷是以何种手法把腊肉偷走的。弄得大家紧张兮兮,风声鹤唳一般。每家每户都重视了起来,晚上两口子也不睡觉了,就坐在挂腊肉的地方侃大山。整个村子里的人,白天都没了精气神,六神无主,看人的眼睛飘移、空洞。接着又传出来消息,说大白天的,墙上的腊肉又被偷了,而且还是好几家的肉都被盗了。失主立马打了报警电话，镇上派出所的民警开着小车在村里转了好几圈也没有查到任何线索。于是就走访村民，问见到过陌生人没有，见到过行为不太正常的人没有，不管问什么村民都是摇摇头，表示不知道。这下可让民警犯了难，找不到任何蛛丝马迹，也就无从查起，只好开着巡逻车拿着大喇叭告诉村民，近来时有盗窃腊肉事件发生，要求大家晚上或外出务必锁好门窗，见到可疑之人、可疑的行为务必第一时间报警。警车巡逻的范围终究有限，很多住在山上或偏远的地方车开不进去。一时之间，人心惶惶。在警车的震慑下，似乎消停了一阵子。就在大家以为小偷已经离去，放下戒心之时，村里又有人家的腊肉被偷了。那人是在黄昏的时候发现灶屋里挂着的几个猪脚不见了，他第一时间报了警，只在小路上发现了一只残缺的脚印。后来隔壁几个村也发生了类似事件，警察判定应该是有一个团伙流窜作案，但是农村地形复杂，各自分散的距离又比较远，警力有限，这给侦破工作带来了很大的难度。

这些天，我感到非常害怕，生怕把母亲辛辛苦苦一年的成果给弄丢了。这小偷要是知道我一个人在家，那岂不是如探囊取物一般容易。每天晚上，一入夜我就把所有房间里的灯都打开,营造一种人多势众的假象,以此来给自己壮胆。关灯也是先后次第关掉,不能一下子全关完。这天,我刚躺下,就看见有人拿着手电筒从窗户外往里面照,只是他不知道我的床头就靠着窗户。我慢慢站起来靠近墙边,看见一把小刀从窗户里的缝隙伸进来,我也不知道是哪里来的勇气,也没敢开灯,猛地朝着窗户扑过去,对着窗户大声啊啊啊地叫着。我没有看清那人的脸,能确定的是一个男人,他立马熄了手电,逃窜的声音很快归于宁静。我快速地把几个房间里的灯打开,从窗户里看到一辆摩托车朝着村外飞速驶去。整整一个晚上,我都没有睡着,直到天露出浅浅的一层灰蓝色我才关了灯。

几天以后,母亲他们带着疲惫、愧疚、不安、悲伤回到家中。她尚未从悲伤中走出,从黑木箱中翻出外公生前的照片,一遍又一遍抚摸着,整个眼睛水汪汪的,像是随时挂着透明的瀑布。

这套房子伴随着生命中最为重要的那几年,上高中以后,学校要求上大周,即两个星期放一次假,一个月最多在家待四天。寒暑假都要补课,学校抓得紧,任务比较重,可是我还是跟不上老师的节奏,尤其是在物理和化学方面表现出先天的迟钝，靠着初中那点机敏灵巧积攒下来的知识变得整体失效。英语更是跟听天书一般，一到上英语课就感到头疼难受，不仅是生理上，还有心理上的，有一阵只要远远地见着英语老师，我都想绕着走。英语课成了最折磨我的课程，我脑子里有两个声音在相互打架，一个告诉我要认真听讲，一个告诉我反正听也听不懂，何必做无用功呢。两个声音像是两只手在撕扯我的身体，我必须以一个裁判的身份做出抉择，否则就会被它们拉成两半，那就不好玩了。最后，我偏向了后面那个声音，英语彻底被我放弃，这是非常愚蠢的做法，以至于我高考的时候，英语只贡献了二十多分。而我也像是掉入了某种怪圈，我曾经不止一次地想要好好地补习一下我的英语，可每次都以失败告终。

　　既然英语课我听不进去，也学不进去，这个时间也不能浪费。一个大胆的想法在我的脑海中慢慢成形，我联合了班上几个爱好文学的同学，我们准备成立一个文学社。当时学校已经有一个文学社了，但我们更想发挥自己的主观能动性，我们来征集学生的作品，选拔社员，编辑出版一期四版的文学报。我主笔起草了申请书，竟然在那个雪夜敲响了校长办公室的门，我们把意图告知校长，校长非常支持并鼓励我们好好办报,我们决定一个月办一期文学报,并生怕校长反悔,还让校长给我们出一个证明。校长说,他会安排人办理的,让我放心。我们还争取了一间教室作为我们的活动室,那真是一段非常幸福的日子,我觉得我们学生自己成立的文学社要比老师牵头成立的文学社更有活力。我们以文学社的名义参与到学校各项文体活动中,并不断招募会员,一起读经典名著,不断扩展队伍。一切都在朝着预期的方向前进,我甚至想好了该怎样让它延续下去。但一场突如其来的变故,让我不得不暂时离开学校,我办理了休学证。文学社也最终不了了之了,这成为我高中生涯的憾事之一。

　　我后来还想着要给学校建议一下,恢复文学社,可他们认为两个文学社完全没有必要,况且高中也合并到了县城,学生数量也在不断减少,属于中学的黄金时代已经过去。这并非我们个人的原因,因此不管走到哪里,我都带着当年办的几期报纸,从安康到上海,从上海到西安,后又跟着我一路北上到了南疆,在南疆数次搬家,从未落下过它们,又从南疆把它们搬到北疆。要知道,它们不仅仅是几张报纸,它们是我的青春最美好的证明。

四 居

休学一年后，我再次回到校园里，已经没了当年离校之前的锐气。曾经的艰辛淬炼了我的坚韧，面对高考的压力，我顶着头皮也要迈过去。

这一次，我没有选择在学校寄宿，而是在离中学不远处的临街租了一个单间。讲定三百块钱一个月，我特意挑了一间靠近河岸一侧的房子。每当晚上，我们从学校里回到寄居的地方，都会有一种错觉，好像我真的拥有了这间房一样。我躺下去，氤氲的水汽浮在空中，滔滔的河声便源源不断地灌进我的耳朵来。这是我第一次暂时拥有了一间属于自己的房子。我把钥匙握在手心里，锁上了门谁也进不来，它也不再承担堆放杂物的功能。为了租这间房我和母亲还有过争执，她觉得我是在浪费钱，虽然这钱是我自己挣下的，她无法体会到我想要一个独立空间的迫切之心，好在最后她还是同意了。

高三寒假前的某个冬日，我刚刚参加完全省的艺考，专业成绩并不十分理想。年后，我从网上看到解放军艺术学院在单独招生，但他们要求必须是应届生。我背起行囊就往北京跑，又赶上春运，没有买上坐票，我一路站着进京。那年的北京真是寒冷呀，从北京回来的时候，整个车厢又是空荡荡的，列车员连票都懒得检，北方的村庄在车窗外不断往后退。我对面座位坐着一个男生，戴着眼镜和围脖，人很儒雅，隐约记得是河南的却没有一点口音，在北京服装学院上学。我们闲聊了几句，当他得知我只身一个人进京赶考的时候，有点不相信，因我表现出了一种比同龄人更为从容的自信光芒。他说，他有一个妹妹在上高二，学舞蹈的。他也想让他妹妹报考解放军艺术学院，他要去了我的电话号码，说会让他妹妹联系我。这事，我也没在意，想来不过是些应承之语。进京的几天一直也没有好好睡一觉。难得绿皮火车上到处都是空位，我躺在一个三人座上就睡着了。他临下车的时候，轻轻拍了拍我的肩膀，我从睡梦中迷迷糊糊眼睛睁开一条缝隙。他说请一定帮帮忙，他会感谢我的。我囫囵回了他一句什么，已经不记得了。只记得列车员拉开车门的时候，寒风冲进来，我缩了缩头，转过去，靠着另一面继续酣睡。这一路的劳累、紧张、兴奋，早已把我折腾得精疲力竭。

　　回到学校，时间已经非常紧张了，学校大门口和教室前后黑板上都写着高考倒计时。像是泄洪的水一样，开关一旦打开，流速便不受控制，我没有想到日子会过得这么快。由于我们之前都在省城集中参加艺考前的集训，文化课被完全搁在了一边。我们重返校园就碰到高三年级的月考。这次考试再次让我名声大震，因为我的语文成绩是年级第一。这应该是一个偶然，学校用的是上一年高考的原题，我的选择题满分，加上作文占了一点便宜，就冒尖了。这给语文老师长了很大的面子，他们没有想到艺术生里还有这号人。但是其他科目的成绩就是一片哀号了，由于好几个月没有看书，很多知识点又都还给了书本。

这天，我刚下课就接到了一个外地的电话。来电的正是我在火车上偶遇的那位大学生的妹妹，我向她介绍了报考解放军艺术学院要准备的相关材料和报名流程。课间十分钟很快就过去了，那边并没有要挂电话的意思，我只好说我这边马上就要上课了，先挂了。晚上下了夜自习，我刚回到出租屋里，手机便振动了起来，我一看又是那个女孩打来的电话。那晚我们聊到很晚，手机都已经开始发烫，我觉得她应该是一个非常缺爱的人。我并没有过多打听她的家里信息，她借着电话给我出题，让我做出选择以此来验证我是不是真的有能力报考解放军艺术学院。我觉得我们素未谋面，好像还远远达不到这种熟悉的样子。我能感受到她求学的迫切，我告诉她我从小成绩就一般，只是因为喜欢文学，解放军艺术学院有戏剧文学专业，我就报考了，并不一定能考得上。我们终于挂断了电话，我被这突然闯入生活的女孩弄得心绪未定。

每天晚上她打电话的时间特别长，不到两天我的手机就欠费停机了。我刚去商店给手机充值，一通电话又打到停机了。有一天晚上，她说她要过来找我，这把我吓了一大跳。她随后又说是开玩笑的，却引起了我的警觉，我知道她的学习环境肯定比我这边要好。这样持续下去会影响我们两个人，最后一通电话，我告诉她要好好学习，才有未来，我向她推荐了几本复习资料，现在看来实无必要。我向她撒了一个谎，我说我们马上就要进行封闭式训练了，学校里严禁带手机。我答应她，等高考结束的时候我一定联系她。没过几天，我在大街上走着，忽然感到一阵肚子疼，就近钻进了一户人家的厕所，完事之后，我站起身来时，裤子口袋比较小，手机逃逸便掉到了粪坑里面了。我难过了好一阵，捂着鼻子，还用竹竿在粪池里捞了捞，终究没能找到，想来即使捞上来了也未必能继续使用，便作罢。我只好拿出私房钱换了一部手机，重新办了一张卡，我没有记住那个女孩的电话号码，也就未能准时履行约定。真心希望她的生活能够一帆风顺，能够考上自己理想中的大学。她现在在哪里呢，过得好吗？她曾告诉过我她的名字，可是我怎么都想不起来。一切都是未知，就像是我们的人生一样，多少蹉跎都付笑谈之中。

我在租来的那间卧室里一直生活到高考前。临近考前一个月，高温天气不合时宜地出现了。人只坐在屋子里就是一身的汗水，体内像是安置了一个水泵似的，皮肤上一层黏糊糊的。吃饭也没有胃口，什么也吃不下，到了晚上，我打开窗户，风进来像是带着辣椒面一样，透着三昧真火。床上的被子似乎安装了电源，持续发烫。那段日子吃也吃不好，睡也睡不好。浑身没有气力，打不起精神来，注意力难以集中。这一晚，我在床上辗转反侧至深夜。我索性抱起被子就往天台上走去，天当房，夜幕为帐，屋顶做床，星光披在被子上。风自由来回地飘荡，心里面的火苗被扇灭，星群如萤火，忽闪忽灭，拱着一轮残月。或许只有我们仰望星空的时候，我们才忽略了自己的存在，与天地融为一体。

临走去县城参加高考的时候，我退掉了房子，把所有的东西都搬回了家。高考的前一天，学校租了大巴车，警车在前面开道,两侧的人们自发地出来欢送。一年一度的高考就此拉开序幕,人们的脸上堆满笑容,这对山里人来说是一件大事,多少人命运的齿轮就此咬合,从而走上了不同的道路。车外的人喜气洋洋,车内的人则是神情各异,各怀心事,十二年的寒窗苦读即将在两天之内得到校验。高考结束后,同学们回到镇上,摆谢师宴、庆功酒。我没有跟着他们一起回去,我南下到成都干了两个月的暑假工。

我与解放军艺术学院失之交臂,我把自己放逐西部,命运给了我另一层暗示,那天晚上当我收到录取通知时,说不上什么感觉。我骑着自行车,路过红星路二段八十五号,那是《星星》诗刊和四川省作家协会的地址,我只在夜晚才能看到,街边有人在整理报刊,天一亮它们就要奔赴各个报刊点。昏黄的灯光洒落下来,正在施工的地铁站发出巨大的轰鸣之声。我知道这一切都已经成为过去,一个月以后我将奔赴大西北,或许沙漠更符合我的气质。但无疑,理想与现实存在着巨大的落差,从首都到西部,从心脏到边陲,我坦然地接受着这一切。我非常清楚,我没有再来一次的勇气,也没有这个必要。我将不再是我,我的背后有着很多人的付出。到边疆去也没什么不好,一个人,谁也不认识,一切从头开始,一切都是命运的指向。我加快了蹬自行车的频率,哼着跑调的歌曲,向着黎明重新出发。

五　居

每年进入夏季,山区雨水明显变多,会引发泥石流和滑坡等自然灾害。我们从田叔那里购来的房子正好在滑坡带上,加上时间久远,房子稳定性大大削减,自然而然就被鉴定成了危房。我刚毕业那年,弟弟还在上小学,由于连续性的大雨天气,河道被冲毁,大水漫过庄稼地,母亲和弟弟被动员安置在学校里临时居住。那会儿我的同学在学校当代课老师,我还曾委托她帮忙照顾一下。

这样的情形,几乎每年都会发生。彼时,全中国的脱贫攻坚到了最后阶段。政府在村里建了安居房,一种是自己补交一部分钱,有产权可交易,也可以选择大面积的房子。另一种被村民们自称为“钥匙房”。顾名思义就是在村委会拿钥匙,但是没有产权,其房屋面积也比较小,有点类似城里盖的单身公寓,主要用于保障性住房。房屋建好以后,父亲多次在村委会表达诉求,分得两间三十多平方米的房子,两间房并没有挨在一起，而上下楼好在都在同一方位。

　　我不知道这两套房的具体情况，父亲打来电话问我要不要，我说有住的总比没有强，先拿上再说。万一遇到下连阴雨的时候，还能下去避一避。钥匙房与我们的房子不在同一条湾里。父母仍然住在上面，因为钥匙房虽然为生活提供了便利，但处处都需要花钱。我们房子周围有土地可种，虽然不能开源，但总能节流一点。其实，这都是小农思想在作怪。从长期看，种地的收益几乎微乎其微，但他们种了一辈子的土地，无法闲下来。

　　毕业之后，有几年我都没有回家过春节，对家里关心得比较少。倒是母亲常常挂念，时不时寄一大堆的腊肉过来。有一年，南疆闹猪瘟，异常迅猛，进出市区都要打开后备厢检查，禁止携带猪肉，菜市场每天只有少量的猪肉可买，而且价格一日比一日贵。又过了一阵子，在市场已经买不到猪肉了。母亲并不知道我这边的处境，她坚持要给我寄腊肉，我说不要费这个劲儿，现在管理得很严格，肉根本就进不来，再退回去白白浪费了运费。看吧，我也是一个算小账的人，摆脱不了小农思想的束缚。母亲执意要寄，她挑的都是最好的肉，用真空包装。母亲把皮子烧好，连刮带洗晾干以后，肉金灿灿的，像是洒金皮的和田玉籽料。她先去了邮局，邮局明确告诉她，接到通知肉不能往新疆运。她又背着背篓去了另外几家快递公司，得到了同样的反馈。我脑子里能想到母亲在烈日之下，来回在几家快递公司之间，一次又一次地被拒绝，肯定会打击到她。但母亲就是母亲，她又找了几家快递公司，最终有一家物流公司说可以发货。她欢呼雀跃地给我打来电话，告诉我这一喜讯，我控制住自己的声音却无法控制自己抖动的双肩，心脏像是被打了一剂麻药一般。母亲的腊肉解决了我们的燃眉之急，也让我能够饱尝家乡的味道，缓解思乡之苦。

我不知道他们是何时搬到钥匙房的，那年春节前，我匆忙赶回家，路途遥远，加上春运，我又是临时决定返乡，买不上车票，只能一段一段地买。从南疆到安康，分成了六次才拼接成了一条完整的返乡之路，可又遇上列车晚点，风波不断，可谓人在窘途。好在终究是回来了，彼时经过村里的省道正在扩建，沿途让挖掘机挖得像是经历了一场超级地震。月光敷在上面，石块肆意躺在路中央。我走得异常艰难，当我拐进湾里的时候，我却看见村口站着一个人，那身形有点像母亲，只是我无法确定。等我走近了，一看，果然是母亲。

　　我不知道她是怎么知道我要回来的，我并没有透露过我要返乡的消息。母亲看到我满脸的诧异，她要接过我背上的背包，我又怎么忍心让母亲给我背包。母亲说，她昨天晚上做了个梦，她总感觉我会回来，于是她从下午就开始等，果然等上了。我无奈地笑笑，却又五味杂陈。母亲让我住钥匙房，我固执地觉得土墙房更舒服。

　　两年以后，我准备结婚了。母亲提前半年就开始准备流水席的食材了，晒了一蛇皮袋子的黄花，提前磨好了豆腐，晒了各种干菜。我们在镇上一家餐馆请了几位要好的亲友，只是简简单单地吃了顿饭就算是把这个婚结了。妻子和丈母娘从新疆一路而来，我知道她们心中亦有不甘，可困于现实她们还是给了我足够的包容与理解。

　　我们回来以后，父母把钥匙房收拾出来给我们当新房。他们依旧住在老房子里，变成了和学生一样，每天天刚亮就从上面下来，天黑净以后才往回走。我们过完了小年，又开始往新疆走。那真是一个繁忙的冬天，竟然干了那么多事情。

　　临走的那天早晨，母亲从口袋里掏出了一个信封，信封还是我上初中时买的，那上面印着中学以前的大门。信封上布满了油渍，她把信封交到妻子的手里，说不要嫌少，就是一份心意。妻子看着我，我笑着说，收下吧。我知道那些钱母亲肯定攒了很多年，山中并没有过多赚钱的渠道，不过是卖点腊肉与农作物换点零用钱。母亲站在桥头把我们送上车，我从后视镜里看到母亲在抹眼泪……

我住在钥匙房里的日子屈指可数，每次回去，哪怕只待一天，母亲都会提前收拾好一切。钥匙房虽然小且拥挤，却给了我们家一个安身之地。要不是有这个钥匙房，我们的婚礼可能会更加寒酸且粗糙，是钥匙房给了我仅有的体面。对母亲来说也是一件好事，我再也不用担心因为她住在湾里，遇上恶劣天气而中断通信了。

后来母亲因为要照顾弟弟，便放弃了种地与养猪，转而到对面的药材厂干活儿，吃喝都是自己的，每天还能挣下一百多块钱。她就这样一点一点地积攒着，独自面对生活的风暴。她和父亲有着经年的矛盾，我说不上谁对谁错，经过几十年的撕扯，他们终于离婚了。这对于他们来说未必不是一件好事。离婚其实也是我的主张，几年以前我就曾为母亲找过律师，引来长辈们的一致批判。他们仍然固守在过去的思维里，忽视了当事人的诉求。能决定他们婚姻存留的从来不是旁人，只会也只能是他们自己。作为儿子，我从内心深处当然希望他们能够重归于好，但我知道这已不可能。有多少次希望，就有多少次失望。这种端倪在我结婚以前我就已经发现了苗头，只是两人都在竭力忍耐与掩藏。母亲还要照顾病情不稳定的弟弟，他需要长期服药，我想这套钥匙房就是他们最后的港湾了。我一直觉得弟弟的病因有很大一部分来自他们的争吵与纵容，以及为人父母的失职失责。母亲的坚毅加快了她苍老的速度，如果换作我，我或许早就崩溃了，甚至是窒息。母亲也一定经历了诸多崩溃，但她依旧微笑地面对着生活。

作为家庭的一员，我又常常处于失声的状态，并没有担起想象中一个长子该有的责任。但现实的无力感常常让我无奈，力不从心。所以我结婚以后，对于是否要孩子一直处于恐惧的状态。我害怕自己担不起父亲的责任，担心自己还没有完全做好准备，害怕某一天会陷入愧疚和自责的旋涡。

我又一次选择了逃避。

每一间房子似乎都能牵扯出许多往事来，它们从没有走远，一直就在我的跟前。我试图在纸上还乡，试图在梦境中抵达那遥远的故乡。每一间房屋都破败，那些生活的碎片，感动、哀伤、怨恨、歉疚、遗憾、无奈、愿景都留给了岁月。

那些泥墙砌成的房子储藏了我们太多的乡土记忆，我一遍又一遍抵达现场，为它摇旗呐喊，也为我们逝去的岁月献上悼词。

褶 皱

当起伏的线条汇合在一起的时候，沟壑内部收紧了春风的探望。从高空俯视，人和群兽成了点染山林的皴点。大地隆起和凹陷的部分成为互文，亿万光年之外的造访者落下了斜长的阴影。陡峭的山体散落着零星的坡地，在大地褶皱深处有一片浓稠的葱郁，在这新鲜的绿色枝蔓中有一个年轻的身影。她佝偻了腰，苞谷叶子伸出细长的手指在她的脸上划出几道红色的印痕。汗水沿着脖颈往下流淌，还有一些透明的汗滴随着伸腰的动作被甩出，或从她的秀发上滑落，像是清晨的朝露从一片叶子跌落到另一片叶子，在空中完成轨迹的嬗变。

她就是我的母亲。

我贴在母亲的后背上，感觉有两个太阳在同时炙烤人间，远处的光热黏糊糊地贴在我的后背上，另一个太阳在母亲的心底，热量如焰通过皮肤抵达我的前胸。尽管已经过去了很多年，那梦境一样的记忆恍若昨日，依旧灿烂绚丽。那时候的我尚在襁褓之中，母亲年轻，有力气。她原本可以把我放在屋里的摇篮之中，她觉得一个农民的孩子应该和土地亲近，于是幼小的我被母亲拴在腰上。炽热的氤氲在远处弥漫，苞谷林子里有风走动的声音。母亲佝偻着身子，除草，施肥，她还要在阵雨抵达之前撒下萝卜种子，雨水和阳光受孕，在某个暗夜开始攒动生命的蓬勃。它们拱破浅浅的土层，一面向上发芽，一面向下生根。不知道年轻的母亲会不会也有这样的想法，那个从她腹内钻出的男孩也在日渐成长。

从众多父辈的描述之中，我大概能够复原一些关于我在襁褓之中的情形。似乎一出生，我就和周围的孩子有很大的不同。主要表现在哭上面，长辈们认为会哭的孩子不仅有奶吃，还更有前景。他们认为哭泣是一种生命力旺盛的象征，当然会哭的孩子也会带来诸多问题，对于母亲的挑战和折磨也是无以复加的。而我在哭上面，几乎没有给父母添过太多的麻烦。母亲说，小时候的我可听话了，她外出干活儿的时候就把我一个人放在摇篮里，我不哭也不闹，两个眼睛睁得大大的，好像特别能够理解他们一样。而我在这件事之中则看到了另外一点，那就是我身上的犹疑、优柔寡断，或许就是在那个时候养成的。我的性格之中向来带有一种软弱，很多时候宁可自己吃亏也不想麻烦别人。这并不是站在某种道德制高点上的自我表扬，反而在我看来甚至有点讨好他人的嫌疑。这或许和母亲从小对我严苛的教育有关。而这种刻在骨子里的东西就像是长在身上的一道褶皱。

到现在，我还记得我八岁那年从山上到山下的村小上三年级，开学报到的那天，母亲带着我找到一块门外标志为三年级的教室，就把我给扔进去了。第一节课上到一半的时候，我的心中就已经开始犯嘀咕了，当老师问出一个又一个与三年级名不符实的问题来时，我就知道我走错了教室。在母亲的强势之下，我没有丝毫反抗的可能，这也间接导致自己缺乏站起来说不的勇气。好在，一年级的班级当时并没有发教科书，否则我都怀疑自己会把书带回家去。那样，我将会更加羞愧、懊悔。在教室里我还看到一个熟悉的人，只是我无法确认他就是我的堂弟。虽然在血缘关系上并没有那么亲，他的父亲是我幺爷从小收养的，但其生父大家都知晓。他有着和堂弟一样的面孔，但是课堂上，大家都不敢言语,我只能在心底犯嘀咕。

下午,放学回到大舅家。见我双手空空,他们甚是诧异,甚至一度认为我逃学了，否则怎么也解释不了为何空手而归。一番交流之后,才知道是母亲把我送错了教室。其实也不能怪母亲,当时的学校还是沿用之前的一些教室,可能出于某种偶然的调整而忘记了更换指示牌，造成了这次乌龙事件。此后一周,我对年幼的自己一度产生了怀疑,也让我心境黯淡。我在山上上一二年级的时候,班里总共就十来个孩子,我的成绩还算是不错的,代课教师是在学校旁边开商店的女孩。每天接触的都是熟悉的人,可一下子把我放到了几百人之中,难免会有些难以适应,自卑感开始不断往外溢出。那是一种非常让人难受的感觉,就像是徒手去抓风一样。好在那天下午,表姐带着我重返校园,找到了我的语文老师也就是我的班主任董老师，表姐和我一起领回了十二本教材。董老师仔细核对了我的姓名和出生年月,确定是我以后才把书给我。我是最后一个报到的,刚入学就先领了一个"倒数第一"。那一年董老师已经白发苍苍,他讲课的内容我早已忘记。他对学生极严苛却又温和,所有的作业书写要求规整,达不到标准就会被他用教鞭打膝盖。教鞭是用土里挖出的竹根做成的，他用了几十年，早已包浆泛着岁月的光。有一回,班上有一位姓伍的同学就受领了这一份特殊的待遇。教鞭打在膝盖上,人会不由自主地弹起,异常难受。董老师喜欢在教室门口放一把椅子，改一个学生的作业就把人喊到外面。作业的顺序全都是打乱了的,你永远不知道他下一个会叫谁,蓄意制造了一种类似谍战的紧张氛围。终于,我听见了我自己的名字。我忐忑地走出教室,阳光晒在我的脸上,像是伤口撒了盐一样，又疼又热。紧接着,我的耳根子就开始发烫,一种不祥之兆萦绕在心头,从小到大,只要耳根子发烫我就知道免不了要挨一顿打。这似乎成了挨打前的一种特殊信号。我已经做好了挨打的准备,提前进入场景,酝酿了该有的情绪。让我感到意外的是,董老师并没有让我把膝盖露出来，而是告诫我如果再错一个词语就要挨打了。幸运的是整个三年级这一学年我都没有享受过董老师的特殊"待遇"。

三年级下学期的时候,我从大舅家搬到学校寄宿,那一年我九岁。母亲背着她出嫁时的黑木箱放在宿舍里给我用,我背着十斤苞谷面到学校食堂换粮票。那会儿学校里只负责烧玉米糊糊,一张粮票可以打一碗玉米糊糊,再配上自己带的咸菜、豆豉、豆腐乳之类的下饭菜,日子过得清苦,但似乎每一天又都充满了干劲儿。在一个完全独立的空间里,我要学会看管自己的财物,还要合理地用好每一张粮票,更要处理好和与同学之间的关系。

　　开学的第一天董老师就布置下任务,要背一篇课文,下午放学后有大把的时间供我们玩耍。天空撒下一层密密麻麻的网,铃声过后,我们从学校的各个角落里窜进教室,手拉开关控制的电灯发出昏黄的灯光。我熟读了几遍课文后就迅速在小组长那里背完了书。大概一个月以后,董老师在课堂上突然抽到我,让我背书,当时我脑子里一片空白,没有丝毫准备,像一根木桩一样立在那里。当董老师质问小组长的时候,小组长却说我并没有在他那里背过书。这个事在当时对我的影响非常深,董老师并没有惩罚我,但这比惩罚我更难受,因为他所默认的事实就是我没有背会,说了假话谎话。下课以后,我找到小组长问他,是不是真的不记得我在他那儿背过课文。他的眼神躲躲闪闪,我说出了那晚上自习之前我们一起在玩老鹰捉小鸡,谁在我的前面背的,谁在我的后面背的,我尽可能地网罗一切记得的细节。可是他还是一口否认,说他根本不记得这回事。九岁的我在心里想,他可能真的是忘记了吧。谁让自己前面背后面忘的呢，这或许就是大人们说的念白经。后来我心里盘算过这件事，一个人就算是再健忘，回忆一件事的时候也不可能一丁点儿印象也没有，何况小组长的记忆和天赋远在我之上。唯一的解释，就是因为我在董老师面前没能完整地背诵出来，他害怕一旦承认了我当初背过的事实或将遭到老师的质疑。可是，在我的心里，我当时多么希望他能够说一句实话呀。即使在小学将近四年的寄宿生活中，我们玩得很好，但就这件事情而言，我还是一直记在心里，也谈不上什么原谅不原谅，我只是希望他能说句实话而已。可是现在想想，当年的自己又有点过于偏执了。这些想法并没有露出水面来。或许我也是当年的他，其实我们并没有差别，面对某些既定的事实，渐渐丧失了质疑的能力。如果我们互换身份的话，我们说出的答案也许会有着惊人的相似。

毕竟在那个时候流传着一句话：老师说的都是对的。正是因为抛出了结论，在反复而漫长的告诫中，我们丢失了属于自己的音节。现在想想，如果不是质疑在身体内部觉醒，那将会是多么的可怕。小到个人，大到一个社会，一个国家，一个民族，都应当引起我们足够的重视和警惕。但是，让我感到温暖的是，董老师相信了我。他的话影响了我的一生，如果没有他的那句话，我不可能会放下心中芥蒂，还和小组长玩得那么好。也许会走向某条歧路，不被相信不被信任，也很难相信他者信任他者，这将会成为一生的暗疾，甚至埋下邪恶与怨怼的种子，纵使阳光也难以照亮。

在山上的时候，我的成绩暂且还算说得过去。到了山下，我像是一条溪流汇入了大河深处，很难被辨认出来。我一下子感到惊慌失措，每天有上不完的课，老师的那些话像是迎面而来的雨滴，让我难以招架。现在想想，大概是我在山上上一、二年级的时候并没有经过系统的训练，有点草莽粗野的意思，大多时候随意而为。老师课讲一半，就放我们出去玩，他自己就做饭去了，等他把饭做好以后，我们也该放学了。除了能够区分星期几外，完全没有时间概念。那几近荒废的两年时间里，我们收获了同龄人难以企及的快乐童年，在教室里生火烧洋芋、烤苞谷吃，额头上落满烟灰像是包公转世。我们在学校外面的小河里翻石头，找螃蟹，石头下的螃蟹不过瓶盖大小，大人们总是说被钳住非常疼。捉青蛙，把青蛙产的卵放在青绿色的啤酒瓶里，见证着它们从卵变成蝌蚪。先是长出两条后腿，再长出两个前腿，最后尾巴慢慢缩短，变成一只完整的青蛙。

　　有一回，我到阳坡大院子的同学家里去玩，他们家用一只大木桶养着青蛙，这引起了我的羡慕。我们用啤酒瓶养青蛙，最多只能算个低配，他们家的青蛙待在木桶里，空间大，水域面积开阔，水中还长着水草，绝对的豪华版。这天，天气大好，外面阴着，无阳光也无高温。我在同学的卧室里，看到各个形态的青蛙，有的两只脚，有的四只脚，还有尾巴，就在这时已经完成生长的青蛙腾地一下从水桶里蹦达到窗户上，同学正好进来看到这一幕，他大喊一声，那青蛙便从一扇窗中逃逸了。我什么也没有做，他固执地认为是我放走了那只青蛙，便要我赔偿。我说我去池塘里给他逮一只青蛙回来，他非但不肯还哭了起来，说他为养那只青蛙付出了多少心血，别的都不要，就只要那只。显然，我无法把刚刚逃逸的青蛙给追回来，我真是哑巴吃黄连，无法辩解。

　　如果我刚硬一点，大可拂袖而去。然而，他们兄弟俩却关了房门，站在我前面，不让我离去，非说要让我赔偿，既然找不回原来的青蛙便要我跟他们一起下地劳动。我想这也无所谓，山里娃最不怕的就是劳动了。我跟着他们一起到了地里干活儿，我能看见山上的父母正在锄草。那一刻，我有一点厌恶自己，心中满是愧疚，我应该出现在自己家的地里，软弱的一面永远留给了自己。干完活儿,回到他们家,他们并没有要放我离去的意思。直到我的二伯突然造访，他大致看出了我的窘迫和被挟持。他大声质问我:"你为什么在这里？"

我沉默。

他又说:"家里人都在找你,赶紧回去。"

我像是在黑暗中寻找到了出口，我已经做好了离去的准备。水生又跳出来说我还没有赔他的青蛙,不能走。二伯强硬地说:"我来赔。"我便有了离开的底气,想来可笑,我本来就不欠他的。真是可悲。我走出他们家的房门,像是走出了黑暗压抑的囚室。空气变得香甜，万物开阔得有点过分，一切辽远在群山的前景中似乎无穷无尽地向着远方延伸，我知道它们的尽头是黄昏过后的暗夜。可我竟有点期盼它们快点到来,似乎这样就能盖住我心中的悲切。两年以后，我在他们家玩耍(真是有点不长记性,该打),水生不慎在猪圈旁的一棵梨树旁跌落。随之而来的是缠绵的啜泣，我以为自己会因此而窃喜，然而并没有给我带来任何欢愉,我很是担心他。不过想想应该也无甚大事,我经常从地头上一两米

高的坎子上一跃而下，竟还有飞翔的快感，十分享受跳跃的
过程，我以为水生也会如此。

　　想到前车之鉴，我并没有第一时间去梨树下看水生。我
害怕，怕又会变成一场无妄之灾的替罪羊。事实证明，我的
担忧并不是没有道理。现在想来着实可怕，一个不到十岁的
孩子，竟有了这样的城府。如果简单一点该有多好，这份警
戒原本不该属于童年，但它又让我迅速成长。我躲在墙角听
到水生奶奶在问是不是我把他推倒下去的，我不知道水生
是怎么说的，他的哭泣声未曾中断。我能想象到他会把祸事
往我身上引，我当机立断，赶紧逃离。否则，我会再次陷入他
们围猎的语言陷阱，会给我的父母带来无尽的烦恼。如果水
生的父母当初在丢青蛙事件中能够保持最基本的良善，而
不是借机把我当成他们家免费的劳动力，我一定会第一时
间赶去看水生。好在水生这次并没有诬陷我，否则以他父母
的性情必定会找到我家，而当场又无第三者，实在很难自证
清白。水生摔断了胳膊，去镇上的卫生所，缝了六针，打了石
膏挎在肩膀上，留下了一拃长的伤疤，像是一条白色的壁虎
长在里面。很长一段时间，水生都不和我说话，我想在他心
里他一定认为自己摔断胳膊和我有关，但只要他再想想就

会明白，此事与我毫无关联。那时的我就已经明白一味地退让并不会换来理解，也不会达成和解，这或许是造成我性格柔弱（甚至懦弱）的诱因之一。

　　看青蛙生长的过程极其漫长，可是那个时候我们也不着急，可能是过得无所忧虑了，没有家庭作业（母亲会单独加码），也没有寒暑假作业。当然成绩也是一塌糊涂，一年级期末考试结束的时候，我语文考了十四分，数学考了七十六分，是所有学科里唯一及格的科目。母亲觉得我成绩已经差得不能再差了，正常情况下免不了要挨一顿毒打，至少要在院坝的街沿上跪一阵。期末考试结束后，夏老师就回家了，写成绩的红本本还是托别人带上来的。领成绩那天，大家一看，至少有一半的人挂了鸡蛋，有一对胡姓双胞胎背回去四个鸡蛋，大多数人的成绩里面至少有一个鸡蛋。大人们也都乐观，开玩笑说，两根筷子上面夹了一个鸡蛋，拿回家是煮还是煎。这要是放在今天，完全是不可思议的事情。虽然成绩不好，但是大家都很开朗，我几乎没有听说过我们那一批学生里面有抑郁的。母亲一看我这成绩还成了前几名，也就不再追究，但是那一年的成绩成为大家茶余饭后的笑点。夏老师隔年就退休了，我们是他带的最后一个班的学生。在农村,能当上老师,用民间的话说,都是能人。夏是出能人的大姓,我们村主任就姓夏,现在的村主任还是姓夏。到了这个时间点了,成绩的高低似乎与已无关了。

四年级的时候,我和表姐表妹去山里摘野生樱桃,不小心中了猎人(其实是堂叔)布置的老虎夹,因为拖的时间太长了,要去镇上的卫生院拍片子,看骨头断了没有。那个夏日,外地正在流行"非典",从医院走出来的时候见到夏老师。准确来说,是我的父母认出了夏老师。老实说,我对他并没有印象,即使现在也无法想起他的具体面貌来。彼时,他已经享受起了富足的退休生活,在卫生院的上街头买了楼房,他用手扬了扬,那间白色瓷砖的楼房里面有一层就是他的房子。当时,那栋房子是整个镇子上最气派、最好看的房子。今年春天返乡,我带着妻子来到上街头,当年的楼房早已推倒,我也不知道夏老师还在不在人世,如果他还活着的话,今年应该八十五岁了。那年夏天,我穿着一双藤黄色坚硬的胶鞋,茫然地站在灰褐色的水泥面上,听着父母和夏老师聊天。

那是我最后一次见到夏老师。

夏老师不像董老师那般严苛,眼里更多的是温和。我只见到他发过一次火。一年级的下半学期,中午我们和二年级的学生玩打仗攻城的游戏。我们把二年级为首的那位同学绊倒在地,然后每个以码麻袋的形式往上叠,仗着人多,我第一个压在他的身上,随后同学们纷至沓来,每加一个人我都能感觉到给我的背部带来的巨大的冲击。我们摞成了一个塔的形状,最下面的那个人不知道哪里来的气力,他竟然从最下面逃出去了,他这一逃不要紧,我就变成了"塔底"的人,他又跳起来叠在最上面,我感觉我的心脏都要被震碎了,脸被压平了,再压下去我就要变成一个书签了。我的声音完全被淹没掉,直到有人发现时,我们第一回合完败。

第二回合,我们把课本拆下来,揉成一个个拳头大小的纸团向对方扔去,随着"战斗"的升级,我们从院坝里向教室逼近,从一楼打到二楼,当纸团用光了以后,我们又从地面上捡起了小石子,小石子如被风刮斜的雨水一样落在了窗户和墙壁上,发出了激烈的嘶吼声。我听到了玻璃的破碎声音,并为此而兴奋得意。同时,也惊醒了热衷于午睡的夏老师,他愤怒地推门而出,"战争"瞬间被凝固,所有人的目光落在了夏老师的身上。他把我们全部喊到教室里面,训话极为严厉,大意是说我们太不听话了(我们好像就没听过他的话),一点也不尊重他,犯下了极其严重的错误,不仅要把我们的错误上报到上级学校(村小),还要把我们的家长喊过来,赔偿公共财物,带头的几个(包含我)说不定就不能准时升入二年级了。夏老师的威慑让我们一下子跌落到了冰点,对于一个六岁的孩子来讲确是充满了恐惧。当然这一切不过是他恫吓我们的手段。

许多家长见此情形纷纷把孩子转到村小上学。等我上二年级的时候,一二年级加起来不超过二十人,二年级带我的一共五个人。夏老师只上了不到半个月的课,就因为生病没有来学校。因为没有布置作业的习惯,我们照常天亮往学校走,下午就背着书包往回走,除了我们,似乎没有人知道这里只有孩子没有老师。就这样过去了一个多星期,我们几个大一点的孩子便觉得这样下去不是个办法,虽然没有对知识多么向往的崇高理想,但是没有老师管,头两天还可以,再往后日子也不好混,乏味得很,时间似乎被扯长了一般。于是,大家伙提议,由我和另外两名同学下山,去找上一级学校,也就是我们的村小反映情况。彼时村小是周边几座大山里的总校,所有的老师都归他们管。

我们沿着山里才修好的公路一直往下走,走到瓦屋场的时候,康家正在建房子,房子建在一座山崖的正中间。男人们甩开膀子,一人掌锹,一人抡起铁锤,向岩石深处凿击。直至铁锹完全贴近岩石,再往里填充炸药。那时,我便十分佩服他们,硬是在岩石层的半山腰中建起了一座房子。虽然算不上愚公移山,但施工难度极大,其意志绝非一般的顽强。每当我面临诸多困境的时候,脑海里总是会浮现出他们掌锹抡锤的画面。多年以后看《士兵突击》,许三多一锤砸到班长史今的手掌上,被伍六一骂得狗血喷头,但最终许三多战胜了自己。年轻时觉得许三多太笨了,我和幺叔一起在山中找煤的时候,我也曾抡锤但从未砸到过他。想来虚构的小说,总有情节上的设计,但当我看懂其中的内涵之时,已不再是那个少年。

我们沿着小路继续往村小走去,小路两旁堆满了各种不规则的石头。众人调侃我们,问我们怎么不上学。我说,我们夏老师没来上课,我要去村小找我们的老师去。他们都感到不可思议,又问是谁让我们去的,我说是我们自己。我们在他们的注视下朝着山下继续走去,回过头来,他们似乎仍在讨论着我们。我们又走了一截山路,村小开始出现在我们的视野之中。村小周围全是白石灰粉刷过的房子,有的还贴上了瓷砖,在河道两岸分布着各种各样的商店,还有卖白面馍馍的,五毛钱就能买碗大一个,瓷白柔软的馍馍中间是一坨红糖。一般只有大人带着孩子下河逛街的时候才买一个,我们望着刚出笼的馒头,站在那里就走不动路了,口水不自觉地沿着喉咙下滑。我们看见店家从蒸笼里夹起馍馍卖给别人,又再次将蒸笼盖上。我们很清楚自己的口袋里比脸还干净,只好继续往前走去。村小周围已经形成了自然的街市,这里有商户,有铁匠铺、酒厂、卫生室、理发店、银行、兽医站。我们被这突如其来的一切所迷惑,像是刘姥姥进大观园一样,并为此而感到新奇。比如大人们会说铁匠在焊铁的时候不要看焊条发出的火花,如果不小心看了,晚上就会尿床,还会有几十丈高的小鬼来找你,到时候你连一句话也喊不出来。大人们的嘴,骗人的鬼,我还是偷偷地看着"铁花"飞溢,总觉得有一种难以形容的美。我晚上担心自己会尿床,把眼睛睁得大大的,更害怕小鬼会找上门来。我不知道自己是什么时候睡着的,早上醒来,第一件事就是骂自己怎么没扛住,随后掏出右手开始往裤裆里摸,果然一片干燥,随后发出哈哈的笑声。

有那么一阵我们甚至忘记了自己是来干什么的了,不过高高飘扬的红旗又似乎无时无刻不在提醒着我们。我们走过了一座桥，又往前走了一百多米，"白沙小学"四个字就映在眼前。好漂亮的铁门，铁门上了一层乳白色的漆，校门两面的墙呈"八"字形向外撑开，一面用红色的印刷体写着"好好学习"，另一面写着"天天向上"。站在校门外，能看见操场上有人在打篮球、乒乓球，还有女同学在跳绳、踢毽子，这看起来才算是一个正常的学校。我们像是看见了宝贝一样，可羡慕了，眼睛里放着光。可就在这时，跟我一起下来的两个同学却开始犯难了，他们不愿意往前一步，说是让一个人去找就可以了，他们在外面等我。等我走过去准备拽他们的时候，他们却一溜烟地跑走了。

没了同伴，我的心里也没有底。他们会相信一个七岁的孩子吗？我也有些害怕，毕竟这所学校有那么多的学生，有那么多的老师。摆在我面前的只有两条路，要么像他们一样灰溜溜地离开，要么往前闯一闯，要不然回到山上，面子岂不是丢大发了。于是，一咬牙、一跺脚，硬着头皮就往里面冲。没有人注意到我进入校园，嘈杂的吵闹声在耳旁萦绕。忽然，一阵急切而均匀的铃声响起，校园里一下子变得安静下来了，而我在四处寻找铃声的来源，终于看见了，是电铃，真高级。在山上教室门前悬着一块钢板，每次都是夏老师用手敲两三声就完了。

"操场上那位同学，你是几年级的学生？还不快点进教室。"

一个声音传来，我没有回答，而是径直朝着他走去。

我眼睛盯着他说："老师，我要找校长。"

"你找校长干什么？"

"这事，只有校长才能解决。"

"我就是校长，你有么事呀？可以跟我讲。"眼前这个戴着眼镜、胖乎乎的老师说道。

"我是从庙沟小学下来的，我们上头已经两个星期没老师上课了，夏老师一直没来。我们就下来找你了，我和两个同学一起下来的，他们走到校门口就跑了。"

校长似乎不太相信我说的话，可他一时又无法联系到夏老师。那个时候白沙小学有一部红色的电话，但山上和夏老师并没有电话。他答应明天会派老师上去看看，并说："我记住你了，小鬼。"后来，我们才知道夏老师害病了，在镇卫生所住院。第二天，果然有新的老师来代课。代课的不是别人，是租了学校一间房在山上卖货的女孩。这件事对我的影响非常大，我没有想到七岁的我有那么大的能量，现在看来完全像是在听别人的故事，但那就是事实。

三年级的上半学期，母亲害怕我太小不能寄宿，便把我安排在大舅家，大舅为人忠厚，偶尔爱喝一顿小酒，唯一的缺点就是害怕大舅娘。大舅在大舅娘跟前没有一点话语权，这或许也是他最后失去大舅娘的根本原因。这是后话。现在该说说我寄居在大舅娘家的生活了，寄居就要体会幽微，察言观色。开学不久，一次放学在回家的路上，我被前文提到过的堂弟打伤，事实证明当时的我并没有看错。但我依然保持了沉默。我已经忘记具体是什么原因了，大概的情形是他走在前面，我走在后面，可能是出于调皮，他朝我扔来石子，但他的手实在是太准了，可能继承了猎人父亲的某种特质。石子朝我飞来，我只觉得眼前有一团阴影，尚来不及反应，石子便落在我的太阳穴旁。没有疼痛，整个脑袋变得麻木，血液顺着脸颊就淌了下来。我没有哭泣，继续往前走，而堂弟已经转过了一条弯。这时，我碰到了从四川回来省亲的表叔，他把这一切都看在了眼里，怒斥了堂弟，并牵着我的小手往松树庙走去。他嫌我的步子太小，走得太慢，就把我背在肩上，一路朝着唐医生家奔去。等我从表叔的背上下来的时候,我才发现血液洒满了他的后背。每每想起这件事的时候,我都为自己感到不解,为何会表现出那般滞感和木讷。

原本就是寄人篱下,可是开学不到一周我就惹下了这样的祸事。大舅娘对此自然十分不满,她满腹牢骚,本来带两个孩子就已是负担,而我又不能让她省心。

大舅娘说:"你就应该住到他们屋里去,他把你打伤了就要管你吃管你住。"

面对大舅娘的这些话,我只能是装傻,什么也不表态,笑笑了事。她也不再深究,虽然嘴上不饶人,但是该怎么照顾我还是照顾,只是一些鸡零狗碎之事我无法向长辈明说。到了学期中间总是有奇怪的事情发生,晚上我明明记得把水彩笔装进书包里了,到了学校,拉开拉链,里面什么也没有。这样的事情发生头一次的时候,我总是恍惚自己是不是放错了,到第三次的时候就是再傻的人也该明白是怎么回事了。这种事我无法向大舅和大舅娘言说,只能是默默记在心里。后来,我就把第二天要带的东西藏在口袋里,安全了一阵子。期末考试的前一天晚上,母亲给了我三块钱用于考试,母亲也给了舅舅的孩子同样的钱。那一晚,我小心翼翼地把钱藏在鞋子里,可是还是出了意外,等我早上起来的时候，钱已经不翼而飞了。考完试之后，当别人都拿着钱去买零食的时候，我一个人走出了学校，朝着校门口的河坝走去，我没有哭泣，但是失落总是免不了的，双手捧起寒冷的河水，一口咽下去。这样特殊而难忘的时刻终究不会忘记，那个冬天，真冷呀，寒风迎面刺在肉里。酒厂里酿酒的气味扑面而来，平常酸腐难闻的味道，此刻却变得清香起来。这件事情，我从没有告诉过任何人。

考试结束后，我背上书包回到大舅娘家，我把我所有的东西都装进了书包。我没有吃晚饭，夜幕将黑未黑之际我踏上了回家的路途。天色逐渐和山体的颜色融为一体，河水在另一侧循环吟唱。我在一层灰黑之中缓慢移动，像是一只扛着粮食独自上路的蚂蚁。回家的路，全是崎岖蜿蜒的盘山"之"字路，尽是上坡，极费脚力，我能听到膝盖发出的酸胀警惕之语。每走一截路，背上的包里好像就被别人放进了一块石头一般。我把双手插进肩上的背带之下，以此来缓解双肩的负重感，可是很快，我的双手就被勒出了一条又宽又红的印痕。我很想停下来，把书包放在地上歇一口气。可逐渐向黑暗靠拢的夜色又不允许我这么做。我独自一人朝着黑暗深处走去，走向了黑暗的中心。很长一截路，没有人烟，只有垒在地头的坟墓。这条路我太熟悉了，哪个地方有一座坟都记在心底，我便开始不受控制地想象，说不定会从哪个坟头冒出一缕白烟，接着是一个长长的人影跟在我的身后，我的鼻尖上有一股气流在往外喷涌，后背发凉。我无法控制自己的想象，黑夜彻底覆盖下来，没有月亮，也没有星群，我只能靠路边的阴影来判断路的走势。我告诫自己不要往后看，只要一心往前走就一定能够走出黑暗。

婆婆曾经讲过的那些鬼故事，一下子全都涌现出来。她说过，曾经有一个人走夜路，背了满满一背篓的腊肉，路过一片荒郊野林，不知为何走着走着就走进一片坟林，他感觉背上的肉越来越重，似有笑声在林中萦绕，当循着声音望去的时候又什么都没有。这个人走了整整一个晚上，也没有走出这片坟林。她说，这是遇上了鬼打墙，鬼看上了他背篓里的腊肉了，只要把肉放下就没事了。小时候总觉得这故事惊悚，现在想来确是漏洞重重。不过山里人确有晚上背肉出行的禁忌，无论是逢年过节还是祭祀祖先，对孤魂野鬼也是要照看三分的，我们跟着大人烧纸的时候，也要在岔路口烧上几张纸，大意是说不要让他们来抢祖先的钱。后来我才知道，其实还有另外一层意思——小鬼难缠。

我不知道在黑暗中走了多久,没有时间坐标可参考,四周一片寂静,像是在一片汪洋大海中默默漂流。后背的汗水被路过的风吹干了。我走上了一片山堡,知道这里是艾蒿堡,我已经看见了远处的灯光,知道我的家就在那里。我已经走完了一半的路程,草丛里有虫鸣拖长旋律,当脚步抵达的时候它又立刻静音了。我朝着远处的灯光走去,背包里的物体像是脱水了一般,一下子变得轻盈了起来。这时腹内传来声音,原来是一路紧张而忽视了辘辘饥肠。越往上走,人户越多,房子里的光亮投射在路上。我一步一步向山顶走去,狗吠声被我甩在身后。当我推开门的那一刻,父母吓了一大跳。他们完全没有预料到我会一个人走夜路回来,我眼眶里的泪水差点就要奔涌而出了。母亲过来抱住我,她没有问我怎么这么晚了还回来。我像是一个逃难而归的孩子,虽然这个比喻有点不太贴切,但当时的心情就是这般。我从没有任何一刻觉得比这一刻更幸福,第一次觉得家是那样的伟大而温暖。

或许因为从小就经历了诸多,大概有一种抗打击的力量在我体内生长。一直以来,我在学业上都不是拔尖的,属于总是能被老师记住的那一拨差生。但现在想一想也好，它保证了我童年的快乐，虽然日子清苦，但也锻造了乐观主义精神。没有什么事会比一顿饭更重要，天塌不下来，就是下着刀子也要往前走，大概有了这样的底线思维，才能一路走到现在。但不可否认的是，性格里的优柔寡断，时常误事，让我异常恼火。

那是一个冬天，寒风穿过村庄的空隙，也穿过土墙房的空隙，在空中发出呜咽般的哭声。大地陷入一片苍茫，山林褪去了金黄的外衣。人们行走在路上，不得不加快速度以此来躲避寒气入侵，耳朵被冻得通红透亮，像是挂在树上的柿子一样。

母亲不知道从哪里弄回来一双毛茸茸的手套，戴在手上可暖和了。我冰冷的双手被冻得已经麻木，回到房子里，手指伸缩依旧缓慢而迟钝，过了一会儿，手指又开始发烫，像是肉里面长了一块正在燃烧的煤炭。时间越来越靠近冬日，寒风一日比一日凌厉。那双手套明显是大人的，但母亲却把手套给了我。我戴着手套，异常兴奋，黑色的绒面上还闪着一丝光亮。有了这双手套，我就可以伸出手来去和寒风对抗，它们穿过我的手掌，风没有钻入手套，却沿着衣袖扑进了我的怀里。那些天,别提有多高兴了,我像是得到了某种指令似的,走到哪里都要带上这双手套。最终,它被我弄丢了。小时候我经常丢三落四,母亲光给我买伞就不知道买了多少把,后来她再也不给我买伞了,用尿素蛇皮袋子一折就是一个简易的雨披。文具盒也慢慢消失在我的书包里。那些东西好像都自己长了脚似的,总是在我需要的时候离我而去,当我不需要的时候,它们又不合时宜地开始出来露面。不过,这对于经常丢东西的我来说,早就习以为常了。

母亲很快就发现了端倪,因为我的手被风刮起了一层层的褶子,像是阳坡的土地一样粗糙。母亲去竹园里砍下了一根新鲜的竹枝,竹枝在经过风雪的沐浴之后变得柔软而富有弹性。一支细巧的竹条开始频繁地光顾我的身体,并留下了刻骨铭心的图案,那些红色的线条像崛起的田埂在皮肉上弹奏交响曲,时而高昂,时而低沉,如从高山到深海,它们眷顾每一个角落,像是隧道里的火车从头穿到尾。伴随着母亲声嘶力竭的怒吼,我反而异常平静,默默地看着她一个人表演,殊不知,正是因为我这一副死猪不怕开水烫的架势,彻底点燃了她心中的怒火。竹条像是雨点一样落在我的胳膊上,落在我的背上、腰上。母亲像是一个永动机一样,疼痛迅速在皮肤上来回跳蹿,它们很快形成一束火苗,迅速引燃了我体内的岩浆。什么寒风什么冰冻,一切都不复存在了。母亲又创新了一份台词,她不再相信我把手套丢掉的说辞,她一边持续发动马力,一边循循善诱,问是丢了还是被哪个同学给拿走了。我说是丢了。可她明显对这个答案不满意,或许说她早就已经在心里预设了一个固定的答案,像是猎人提前挖好的陷阱,只需要我按照她的路径便可顺利抵达圈套。好吧,我不得不承认。母亲的竹条如排山倒海般袭来,我最后不得不按照她给设置的选项,选择 A 或 B,其实细想从头到尾都只有一个答案,那就是被同学拿走了。我为此而感到心慌且羞愧,是的,我说谎了,为自己编织了一个不存在的答案,可是这个答案真的是我自己编造的吗?我除了这个答案还能有别的选择吗? 其实,是有的,可我又没有表现出我所想象的应该有的骨气,我妥协了,我做了叛逃者。母亲或许正在为此而兴奋,她像是一个预审专家一样,终于撬开了我的嘴巴,得到了她想要的答案,而且这个答案还和自己预期的一模一样,她能不开心、不兴奋吗? 我看着母亲脸上满足的表情,为她感到悲哀,因为我们捏造了一个并不存在的虚空。可母亲并不满足于此,一个谎言产生便需要千万个谎言来圆谎。果然,她问出了那关键的一步——被谁给拿走了?原来我所以为的结束恰恰才是起点,我感到脑子一阵嗡嗡的。母亲见我明显犹豫了,那熟悉的痛感再次降临。苍天呀,我该怎么办?容不下我片刻的思考,她极尽夸张的咆哮声如期而至,我大脑一片空白,不得不选择一个名字,如同出卖自己的战友一样。不像是我的思考,更不像是我说的话,但那个人的名字就是从我的嘴里说出的。这个事实无论如何都无法改变。我把自己吓了一大跳。因为我所说出的那个人不是别人,正是小组长,是那个我明明给他背过书却被他否认的同学。这么一想,反倒有了一丝快感,像是大仇得报一样。可是,我们终究没有什么深仇大恨。我为此而感到郁闷,因为此刻的我和母亲一样,变成一个诬陷他人的始作俑者。更要命的来了,母亲让我把手套要回来。

我当然没有要回手套来。一个本身就不存在的事实就是神仙也办不到。随后的一个星期的某一天(大概是星期二),我们正在操场里跑操,母亲给我送来了一双带棉的解放鞋。这种鞋子异常结实、暖和,穿不坏的那种。母亲把我从队伍中喊出来并给我换上了鞋子,我回到队伍中见她跟董老师一直在说话。我就知道完了,肯定是在说手套的事情,万一要是叫我们当面对质该怎么办？我快速地在脑海里寻找着应对之策，我差点被旁边的同学绊倒，大脑和双脚在各自的轨道上飞驰。

随着广播里的音乐响起，我们开始做广播体操，当做到跳跃运动的时候，我看见母亲从董老师的办公室里出来了，我顿感不妙，心里开始变得慌张起来，气虚胸闷。果不其然，早操刚一结束，我就被董老师喊过去了。凉飕飕的天气，阴风在窗外盘旋，哐当一声，办公室里屋的一扇窗在风的作用下发出咔嗒咔搭的喧响，似乎是在表达着某种不满。

董老师缓缓坐下来，白色的胡须和炉子上水壶里的热气融为一体，周围空荡荡的，黯淡的氛围让人感觉到异常压抑，喘不上一口气来。董老师身上有一股不怒而威的寒气，那时候我们怕他，现在想想，他身上更多的是慈祥，他是一位少见的复古者，有着高深莫测的长者风范。董老师直接问了一句，那位同学有没有拿我的手套。我想都没有想，利索地答道："没有。"似乎在我的心里一直等待着这样一个被矫正的机会，我也终于能够平等地陈述事实的真相。董老师嘴角微微一笑，胡须抖动，就让我回去上课了。我走出董老师的办公室像是卸下一块巨石，眼中的景致变得亮堂，我从愧疢中挣脱躯体，走过荒凉冷清的操场，却又看见遍地都是鲜花。噢，那是提前抵达的蔷薇在严肃认真地迎接春天。

让我感到庆幸的是，当我周五回到山上的时候，母亲好像忘记了这件事，至少她没有再逼问我手套的下落。或许她已经恢复了理智，她认识到她亲手炮制的冤假错案得以昭雪了。一周以后，我和母亲一起参加家族里一位长辈的寿宴，离奇的事情发生了：伯娘手上戴了一副一模一样的手套。我不知道母亲是否注意到此事。而我也私下问过伯娘，这双手套非常好看，是在哪里买的。伯娘是怎么说的，我已经记不清楚了。不过这些都不重要了。我当时更加确定那副手套就是我丢失的那副，因为我并没有见到过第二副一模一样的手套。现在想来，有点武断了。手套作为商品，伯娘从其他途径购买完全有可能。

几年后的一个冬天，我和母亲坐在房屋外面的东南方晒太阳。金色的光芒融进白色的积雪，化成流水沿着屋檐上的石板顺势而下，不时有悬垂的冰凌从高处落地，发出清脆的响声。我跟母亲说起这件往事，母亲却像是选择性失忆了一般。她只记得她把我叫出队列，给我换上解放鞋的事，对于手套和竹条抽打在我身上之事闭口不谈，不知是不是真的已经忘记。我想这也正常，就像是母亲打过我很多回，能记住的也不过就那几回。但在当时，却对我产生了巨大的冲击，事实已经不再重要，最关键的是那段时间我和母亲产生了巨大的隔阂，我觉得她不信任我，这与她从小教我讲实话的原则有所违背，而造成这一切的不是别人，正是她自己，她要是真的不记得也未尝不是一件好事。想来我确实比较糙，没有在这件事上越走越远。董老师的问话是一个关键点，他及时扭转了事态的发展方向。否则，将走向何处，着实让人后怕。

上初二的时候，我的同桌因为父母工作调动的原因要转到邻县去读书。临走的那个星期，她在照相馆洗了一张照片送给我，我把它夹在了我的语文课本里。母亲在帮我洗书包的时候，不知怎么翻出了这张照片。她像是捡到了一个宝贝一样，在我面前大肆渲染，一口咬定我和照片上的女生在谈恋爱。她确实高估了她的儿子，因为那会儿我整天都泡在乒乓球案子上，对这些事情还比较木讷。让人伤心的是，无论我怎么跟她解释她都不相信。我就知道她认定了某种事实，就产生了固执的看法，人怎么都叫不醒一个装睡的人。对此，我有过埋怨之心，想来她必是在同龄人中听到某种风声,而恰又寻找到了某种所谓的"苗头",她必须以一个母亲的姿态出面予以警告或干涉。

我想这些烟云在母亲那里早都被风吹散了,如果她能看到这篇文章,或许也能给她带来新的启示。虽然我们无法返回到时间的另一端去改变什么,但我愿意将心底的这些往事写出来。它们并非惊心动魄,但绝对是一次完整的自我交代和对过往的一次审视。我在自己的星群谱系中破译那些曾经的沉重,捕捉到心路历程的便签条。这并非沉湎于往事而是打开自己的心结,对自己网开一面,抛却时间的负重。我被困在往事里的时间已经太久了,那些原本属于青春期的叛逆被我压制在心底。我知道,那个时候我必须做一个父母认同的孩子。可现在,我只想做自己,保持着对彼时感受的忠贞,一个人面对孤独的酷刑却又能视若珍宝。

岁月的褶皱在我们的身上留下了不可褪去的阴影,所有思想的外溢都是时间的凝滞。我缓缓站起身来,没有假象中的烟雾。有那么一刻,极短的时间里,我走神了,仿佛穿越到了过去又似乎走向了未来。生活有太多不可预料,暗夜即将过去。静谧的苍穹里容纳一切动荡和不安,而我气定神闲,像是一个局外人,观看了一部部陌生的影片,落下的每一粒尘埃都闪烁着星光,旋即又消融在无限的虚空中,那些沉睡的呼吸在梦境中猛烈倾泻。大地陷入了短暂的黑暗,万物得以喘息。

山本

在绵绵的群山之中，鸟鸣穿过树梢和迎面的阳光不期而遇。作为在山里面出生的孩子，我从小就跟随父母穿行在群山之中。那会儿，山中人丁兴旺，草木葳蕤，万物勃发出盎然的生机。通往林中的小路格外宽阔，一早一晚都会有成群的牛羊而过，它们的粪便成为滋养草木的绝佳养料。成群的牛羊保持着某种内在的秩序，从来没有发生过彼此踩踏事件。要是换成人群估计早就哀声载道了。纪律性让牛羊更适合被统治者(放羊娃)驾驭，我们应该从它们身上看到启示。小路也日渐宽阔与马路无异，只是过于陡峭难以通车。走在这样的道路上，我常常想象着自己是一个乔装打扮的武林高手，执一佩剑，牵一匹枣红马，风驰电掣，好不威风。我们也确实有自己的佩剑，不过不是电视剧里的道具，而是我们用木头削出来的，剑身、剑壳、剑把、剑柄样样不落，从婆婆的针线筐里偷一缕红线绑上，再不济也要贴上一层红纸，威风不可少。那些年武侠电视剧和书籍在民间广泛流传,每一位山中少年都有一个执剑闯荡天涯的江湖梦,只是稚嫩青涩的少年又怎知江湖险恶,人心难测。

秋天过后,山中树木的颜色一日比一日深沉,当农人完成了所有庄稼的收割之后,就该考虑为过冬日做准备了。炽烈的阳光曝晒在大地深处,板栗树上的"刺猬"也开始露出金黄的笑容。这时,我们就开始进山了。我们跟随在大人的身后,大人们背着背篓,背篓里别上一把砍刀,有时候也扛上一根长长的竹棍。我则手里提着一个小巧的布袋,布袋里面装着一本起了卷,像是油炸过一样的语文书。风把一些早熟的树叶吹落,隔着很远的距离我们便能看到丛林中的人群了。整个村庄的农人便齐刷刷从地头迁移到了树林地带,仿佛树林成了第二片土地。人们的笑声在林中游荡,那些原本欢唱的虫鸟被这突如其来的人群所惊吓,它们要么开始隐藏匿迹,要么保持缄默,又或者是振翅高飞,还不忘发一阵牢骚。整个山林便就只剩下人们的沸腾之音了。

我跟在大伯的身后,我们出发得比较早,露水刚和清晨的阳光接吻之时,我们便出发了。我们的目的地是上万里那块地旁边的一棵板栗树。我们穿过崎岖的小路,抵达树下。

在地面陈旧的腐叶之上,我看见散落着几颗板栗,它们闪烁着珍珠一样的明亮光芒。这些板栗都是一些有想法的板栗,它们率先成熟,从内部迸发出抗争的力量,促使板栗的襁褓从高空摔落,像是外太空突袭而至的天体,借助重力与地面碰撞的瞬间,迅速逃离舱体,从而恢复了自由之身。我沿着几颗滚落的板栗,顺着它们的轨迹,期待能够看到更多的板栗。在捡了二十多颗之后就变得稀疏了起来,大伯已经迅速地爬到了树干之上。他两腿分立在树丫的两侧,喊着我把竹竿递上去。我应声,抓住竹竿,踮起脚尖,生怕大伯够不着竹竿。

大伯接到竹竿以后,我迅速闪退至一边。他像在树上打核桃一样,不过打板栗的风险比打核桃更大,稍有不慎带刺的果核就会砸到身上,一些细小的刺见肉就往里面钻。大伯把衣袖放下来,又紧了紧下巴下面的草帽绳子。他把竹竿往空中轻轻一抛,双手接住竹竿的中部,将竹竿横立过来,像是一位泛舟江上的渔夫。竹竿在树上来回舞动,大伯的动作呆滞而笨拙,完全不像是孙悟空那般耍得金箍棒一样精彩。树叶和果核齐刷刷从树上掉下来,我眼球快速地转动着,像是在审视快进的影片而又不放过任何细节。我要记住它们落地的位置，否则滚落到陈年的旧叶之中，便很难寻得踪迹。树上有漏网之鱼，在我的提示下，大伯将它们一一击落。

大伯从树上下来，右手胳膊上还是有果核的刺扎在了皮上，好在没有深入，他用嘴轻轻一嗫，那些小刺便被吸出来了。他吐一口唾沫，点一根烟，左手把草帽绳子解开，随手把草帽挂在了一棵半人高的树苗上，像是给树戴了一顶帽子，要是黄昏时段，或有一定的威慑作用，和地里面的草人更像。大伯找到一簇新鲜的蕨类，一屁股坐下去，在腾云驾雾中享受不已。而我还在兴奋之中，将那些脱壳的板栗捡到布袋子里，布袋子便有了分量。我从背篓里抽出柴刀砍了两根筷子大小的树枝，一端削去尖尖的斜面。我拿着两根木棍，见到果壳，双脚夹住，两根木棍从缝隙中插进去，左右一掰，板栗就从壳子里跳到我的面前。一个壳里面一般有三到四颗板栗，如果有那么一两颗被跌出来，剩下的，用解放鞋踩住左右一趾，板栗就出来了。也有一些板栗还没有熟透，落下来的是一个青青的、带着刺的果壳，双唇紧闭，不露一丝笑容。这样的板栗壳就要靠大伯戴上手套或者用火钳夹至背篓里，背回去晾晒几天，让它继续生长。

直到我感觉到脖子已经变得僵硬，双腿发麻，站起来像是遭到了电击一般,我才停下,把手伸进布袋子里,那一颗颗板栗像是一枚枚银锭一样,摸起来舒服极了。再三犹豫下,我找到一颗比较小的板栗放在嘴里,上下牙一配合,板栗就裂成了两瓣,从嘴里吐出来,剥开外衣,果肉上面还趴着一层棉绒绒的内衣,我用指甲继续剥下这些带霜似的棉绒,果实就变得清爽起来,黄腾腾的像一块方糖。塞至口中,来回咀嚼,清香之中还带着一丝微弱的涩味。果肉已被嚼碎,即便如此,却也舍不得咽下去,生怕一咽下去,嘴里的味道就消失了。我继续佝偻着头,在丛林寻找,生怕漏掉一颗。很快,我的布袋子也装满了,大伯的背篓也装满了青疙瘩"刺猬"。大伯钻入林中去砍那些枯死、老死的树,我用一根长长的木棍在落叶中来回翻腾,像是抵着一个探测地雷的仪器左右摇摆。

直到"战场"打扫干净,我才想起来把语文书拿出来,大声诵读。树上不时有落叶飘荡,我把它当成一段文字,牢记在脑海深处。我在山林中背过不少文章,印象比较深的几篇是《开国大典》《凡卡》《小小抄写员》。我的语文老师要求特别严格,课本上的每一篇课文都要能够背下来,像《开国大典》这样的文章全班每一个人都要会背,而《凡卡》《小小抄写员》这两篇课文，如果我没有记错的话应该只有我一个人背下来了。大概就是这个时期，我的作文能力像是得到了发育一样，我开始对语言文字有一种有别于常人的触感，我在读文字的时候，自带想象力，画面不断地盘旋。别人背书是一句一句地背，我是借助于想象的画面一个场景一个场景地推进，似乎我不是一个背书的人，而是一个在林中指挥片场的导演。我大声诵读，甚至歌唱，我想怎么样读就怎么读，山间万物像是听懂了我说的话一样，纷纷沉醉其中，山林成了一间没有墙壁的教室。而我在学校给老师背书的时候又回想着我在山林时的细节，那些扑面而来的文字就像是山风一样轻轻地抵达我的身旁。我躺在树下，透过枝丫的缝隙看着蓝天白云，真是一本巨大的无字天书呀。山林之中处处皆有学问，山林之中处处可成文章，山林之中处处皆为吾师。是童年跟随长辈去山林给了我感知自然的能力，它们带给我的生活体验远远超过书本。山本之大，无所不包；山本之广，无所不容。

我把书本打开像屋脊一样盖在我的脸上，我能听见昆虫爬行的声音，我知道它们距离我还有多远，我背书的声音汇入森林深处成为大合唱的一部分，当我把书从脸上移开的时候,我便背诵完了全文。这时,我听见一阵落叶翻滚的声音,像是一艘海船犁开波浪,乘风而来。

大伯便从林中拖出一棵碗口粗的枯树向我靠近,看样子这棵树并没有死去多久,柴刀砍至树木深处,可见其潮湿。树已经死去,尚未枯透。大伯将他们砍成一米左右长的木段,抽出其中四根,往背篓里前后左右一插,背篓便平地起高楼,一下子空间变大了。木段横卧在背篓的顶部,大伯像是背着一座木塔向山下走去。我把布袋拴在腰上,肩上扛着一根木头,跟在大伯的身后。沿途都是下坡路,大伯走得很慢,倒不是他背的有多重走不快,而是连续的下坡路,让他的膝盖承受不了,他迈着斜八字的步伐,在我看来完全没有必要。我实在不想等在他的身后,借着路面的宽阔,我迅速"超车",一溜烟,就跑回去了。我把他留在路上,从山下看他慢悠悠的样子,像是屎壳郎推着土堆一样滑稽。

捡回来的板栗摊在簸箕里,散去山中的潮气。晚上,大人们围坐在地炉子旁边侃大山。母亲很快发现,我的手指上红了一截,她拽到眼睛跟前,细细一看,有几根刺已经很深了。她取来针线,右手握针,左手两个指头捏紧关节处,针一点一点地蹚出一条细线,找到刺的根部,轻轻一挑,刺就出来了。而我早已疼得龇牙咧嘴。围绕着火炉子烤了一圈的板栗和核桃，炉子中间用炭盖在火面中间，几段苞谷便发出一阵香味来。"砰、砰砰"，接二连三的爆炸声从板栗中传出，它们受热喊出了自己的爆破音。将烤熟的板栗、核桃仁握在手里，与金黄的苞谷粒一同送入嘴中大快朵颐，那味道别提有多棒了。

秋日过后，大人们在山中砍柴，打板栗、摘野果子、找菌类。我没有想到这小小的山林竟然藏着这么多的好东西。由于父母经常带我往山林中去，一来二去，我也就熟悉了。从这一片林子翻到另一片林子，宛若一个活脱脱的树孩。我们在山上居住的那些年，我对树林中的一切充满了敏感和与生俱来的熟悉。或许我上辈子不是樵夫就是木匠，否则确实难以解释，为何我会与树木和山林这般亲近。大人们只要教我一遍，我就能识别那些药材，并且能够准确知道它们在山中的分布范围。

上四年级的时候，学到歇后语：哑巴吃黄连——有口说不出。之前我只认识黄连，并不知其味如何。为了验证，我跑到树林里拔起一根黄连，在溪水中洗净送入口中，苦得我连舌头都不想要了，这黄连之苦别说哑巴说不出，就连正常人也不一定能描述清楚。有一次，母亲感冒了，那会儿山中还没有卫生室，看病只能到松树庙或者镇上去，路途遥远，她气虚力弱，并不适合长途赶路。二伯手上有一本残缺的医书，他翻看过一些，找到一副药方，但都精确到多少克。我见其中有黄连和柴胡，想都没想就跑出去了，在水井路上采了柴胡，在树林里拔了黄连，拿回去洗干净以后，把它们丢在茶壶里烧水给母亲喝。母亲喝完，浑身发热，汗水止不住地往外流，喝了三天以后，症状基本就消失了。

那时，像淫羊藿、当归、川芎、党参、大小金银花等中药材我都认识。特别是淫羊藿喜欢长在背阴的石头缝隙之中，特别是阴凉潮湿之地。淫羊藿的根、茎、叶都能够入药，小的时候并不知道它是一味中草药，它开着白色花瓣带着黄色内萼，花形为圆锥形。这种花，从小大人们就告诉我们可以吃。上下学的路边上都能碰到，采一朵放在嘴里面嚼，淡淡的一股甜味，挂在齿间，有一种成年以后吃云南鲜花饼的感觉。我喜欢这种味道，采一大把拿在手里，一边走一边吃。

上初中的时候，松树庙的那家收购药材的厂子收购淫羊藿，我才知道这玩意儿还是一味药，能换钱。那太容易了，只要是阴坡，无论是沟边、林下或灌木丛中都有它的身影。

我当即拿起家里的蛇皮袋子，一个下午装了结结实实的一口袋。当时淫羊藿的价格不低，仅次于蝉蜕，但淫羊藿轻飘飘的，不压秤。我把淫羊藿的茎、叶、根、果实都薅在了一起。当时已经晚上六点多了，天空阴着一张脸。我不顾家人的反对，从庙沟下到松树庙药材厂，把淫羊藿卖掉。他们不理解的是我怎么如此猴急。其实，我还有另外一个目的，那就是验证药材厂到底收不收淫羊藿，是一个什么样的价格，因为这之前都是道听途说，不一定为真，只有自己真正地走一遭才能确定。一个半下午，我的淫羊藿卖了七十块钱，这是我没有想到的。药材厂里的灯光已经点亮，老板身上全是百元大钞，并没有零钱给我，他说先记上，让我下次再来的时候一起补上。尽管我心中有所不快，但那也没有办法。大家都是熟人，他倒不会耍赖，但是那种不能立马拿到现金的感觉像是鱼钩上的饵已经吃完了，但是你又不能马上提竿。

月亮西升，像是一块从边角切下来的饼干。我向前，它也跟着向前。月光照亮了我上山的道路，我望着漫天的星空，终于找到了北斗七星，找到了勺柄。路边的蛩鸣渐高渐低，却又保持着十分机警，走过一段，身后的声音变得高昂，似乎是为曼妙的音律而炫耀。回到家中，坐实了药材厂收淫羊藿的这一确切消息,我早早地睡了。压在药材厂的那七十块钱似乎成了我的一个饵,心里面总是不自觉地想着它。于是,我决定第二天早上赶紧起一个大早,去阴坡拔淫羊藿去。除了时间上的考虑,还有另一个原因,早晨阴坡的露水重,在太阳出来之前可以增添一点儿分量。

有一次,外公和我们在山上小住。外公操劳了一辈子,他闲不下来,无所事事骨头就发痒,他便主动提出要去山里帮忙砍柴,为我们储藏过冬的柴火。这一天,不知为何,母亲的右眼皮一直在跳。母亲视为不祥,她不想让外公去山林,生怕出现什么意外,毕竟那会儿外公已经是八十岁的高龄了。可外公是谁呀,他是从死人堆里爬出来的,他并不在乎这些,执意要去,谁也拦不住。无奈,母亲只好叮嘱我一同前往。临走时,母亲悄悄告诉我,不能让外公去有悬崖的地方,砍一会儿柴就赶紧让他回来。我跟在外公的身后,外公腰上拴着柴刀,背篓里背着锯子,大步向山上走去。他一点都不像是八十岁的人,浑身充满了干劲儿和力量。走着走着,外公停下来了。他说,有一股马尿的味道,问我闻见了没有。马儿我只在电视上见过,至于马尿是什么味道,更是从没有闻过。我说,我只闻到了羊屎蛋的味道。外公用柴刀扒开正开着花的草，一根橙红色的草茎直挺挺地立在那里，根状茎长便有密鳞片状的花形。外公说："没错，果然是马尿的味道。"外公转过头来问我："你认识它吗？"我摇摇头。外公说："这可是好东西呀，这个是天麻，专门用来治疗头疼的。"我想起很小的时候在外公家，他头痛难耐的时候，直接拿脑袋去撞墙壁，吓坏了我。我知道那是战争留下来的后遗症。战争年代，面对复杂的形势，许多人特别是指挥官大脑始终处于高度紧张的工作状态，容易患上严重的失眠症，导致长期头疼和神经衰弱。

外公砍下一根树杈，围着天麻的根茎往下刨，很快两个洋芋大小的天麻就出现在我们的眼前。外公说，天麻可以拿回去煮着吃，也可以晒干了，磨成粉，冲水喝，能治偏头疼。我点了点头，从外公的手中拿过来仔细看。外公从地上抓起一把泥土放到我的鼻子跟前，说："是不是有一种怪怪的味道？记住它，这就是马尿的味道，只要你闻到了这个味道，它的附近就一定会长天麻。"

我们继续往上走，到达一片丛林前，外公并不满足眼下的树木，我们沿着山脊朝着另一面山走去。上山，下到谷底，再上山。我看见山的对面，很远的地方还有一座房子。那座房子孤零零地立在丛林中像是一座孤岛，我从来没有到过这片山林，更为眼前出现的房子而感到惊奇。外公似乎看出我的疑惑，他说山对面那家人姓黄，那条沟里面的人都搬走了，只剩下他们父子两人。我说："外公，他们家附近怎么都没有地，他们吃什么？"外公说："他们家的地都种上了树木，每年砍一批，种一批，他们家主要靠卖家具为生，父子俩都是手艺人，会打家具，又靠近山林，不会缺木料。他们每年割漆，也能在镇子上换点钱粮。"我那时便想，他们两个人住在山中不会害怕吗？一到夜晚，山里的金羊子和野兽就开始叫，离山那么近，蛇爬进屋子里他们都不一定能知道。

几年以后，黄家老爷子在山里断了气。据说，黄木匠一个人在山里给他父亲下了葬，垒了坟，原来不知道木匠还有这个手艺。又过了几年，卖家具和卖漆的市场受到现代化商业的巨大冲击，那些笨拙的家具便不再具有竞争力，从树上割下来的漆除了给棺材上漆，再也派不上用场。真不知道那几年，黄木匠一个人是靠什么活下来的。成堆的家具堆在屋子里成了滞销货，可对于一个木匠来说，除了打家具，他什么也不会。他就那样一个人在山里面做着家具，用以度日。退耕还林的政策出台了以后，对山中的树木进行了严格的管理。像过去随意砍伐的时代已经不复存在，这就意味着黄木匠彻底失去了木料。他只能和我一样在山中找竹笋、菌菇、野果，以及下套涉猎来满足日常生活。我觉得他才算是真正的树孩，大半辈子的年华都留在了山中。这也并没有什么不好，一个人沉浸在自己的世界里，远离世俗的纷争与算计，这对于一个匠人来说或许才是最大的幸福，也是最大的保护。每天不必为生计而焦急，凡事都是横平竖直，在卯榫嵌合中打发光阴，但他终究还是被时代无情地抛弃了。手工已经成为远去的事物，它只能作为怡情的小调而很难再成为谋生的手段，为现实生存解渴。

　　某日，我从学校里回来，听到大人们在聊黄木匠，说黄木匠成了我们家的亲戚。他与丧偶的婶婶走到了一起。成亲那天，他们没有请旁人，而是两个人一起回到山上的老房子里，把值钱的东西都搬了下去。那天，黄木匠把堆了一屋子的家具全部清到院坝里，他迎风落泪，把这些家具付之一炬。熊熊大火在燃烧中发出噼里啪啦的声音，似乎是在反抗着什么，又似乎是在诉说着什么。一切皆为过往烟云，黄木匠将迎来属于自己的新生活。他们的婚姻并没有得到世俗的祝福，因为婶婶也是一个狠人。婶婶原本是可以救丈夫一命的，或许是已经心死，在关键的时候她并没有做出任何表态。婶婶和叔父的关系异常紧张，叔父聪颖但为人霸道，他善于打猎，也善于打婶婶，家暴之名和他的猎人之名齐肩。某日，他们或许为了某件小事而起了争执，叔父怄气吞下了敌敌畏。婶婶慌乱之中将叔父送到镇上医院，医院抢救存在一定的风险，需婶婶在责任书上签字。就在这关键时刻，她选择了逃避，抑或是她不知道如何做抉择，最终无人签字，耽误了最佳抢救时间，叔父一命呜呼。据说，叔父临终的时候已然感到非常后悔，并流下了眼泪，他说不出一句完整的话，眼神之中布满哀求与原谅，但婶婶并没有看叔父一眼。她以冷漠独自面对世俗的风暴与指责，或许这才是她的选择。叔父与婶婶共育有两子，那晚叔父停尸楼下，婶婶带着两个孩子睡在楼上，电闪雷鸣，风雨交加。当旁人问她害不害怕的时候，她说被欺负了半辈子，终于能睡个安稳觉了。旁人也就不再言语，这种恨也非旁人所能理解。

和黄木匠结婚的时候，婶婶已没了生育能力，多年前就在镇上做了绝育手术，黄木匠却要承担两个孩子的抚养之责。他开始重新学习技艺，拼着山里人的一股肯吃苦的气力将两个孩子抚养成人，成家立业。夫妻两人的感情极好，我时常看见他们一起在村里散步，恩爱有加。两个孩子也都先后有了自己的孩子，婶婶抱上了孙子，可好景不长，她一病不起，越来越瘦，最终撒手人寰，又抛下了满头白发的黄木匠。好在这两个孩子待黄木匠如生父，孝敬有加，也算是一件聊慰人心之事。叔父与婶婶当年究竟是何怨恨，只有他们自己知道，但黄木匠刚从泥淖中挣脱，适应了家的生活，刚刚享受天伦之乐，命运却又再次戏耍了他。大前年，我结婚的那一年，他仍旧过来随了礼，在礼单上署的是婶婶的名字。或许在他的心中，婶婶一直都在，从未真正离去。他以这种方式不断地提醒着自己，抵抗住来自岁月的遗忘吞噬。他已经有了属于他这个年纪本该有的苍老，他像一块朽木强撑着余下的生活。他见到市场上卖的家具总会唉声叹气，一副怎么看都看不顺眼的架势，可是如今的他恐怕已经再也没有能拿起墨斗和斧头的气力了。

那天外公非要去砍悬崖边的一棵枯树，我的劝阻无效之后，心跳加速，生怕外公出现一丁点儿的意外。各种惨烈的画面在脑海里萦绕，我迫使自己镇定下来，不要去胡思乱想。随着枯木应声倒地，外公用手帕擦去额间的汗水。他拿出锯子，我们将粗木一段一段地锯开。我和外公各自握着锯子的一端，来回推拉，锯齿在木头上咬出一排齿印，在来回的锯拉之中像切豆腐一样深入了木头的内部，锯末在两端堆起来像是面粉一般。我们锯了五段才算把这棵枯树锯完。

我接过外公递过来的柴刀，将旁逸斜出的枝丫全部砍下来，在这棵树的顶端倒下的位置不远处，我发现了一窝苞谷菌。之前我在网上查阅苞谷菌并没有相关的文字资料和图片。后来我猜想大概是方言的缘故。多方查证才最终确认是榛蘑，也叫青冈木菌、桦栎树菌等，东北的小鸡炖蘑菇炖的就是苞谷菌。因为它出现的时间在收苞谷前后，所以才得此名。我小心翼翼地将它们一一搬下来，又从水沟旁采了野荷叶，卷起一个漏斗形状，再用一根小小的枯枝轻轻一别，苞谷菌就放进去了。

这根枯木，我和外公来回三趟才背回去。这天晚上母亲将苞谷菌清洗干净，用它和腊肉、萝卜熬了汤，味道鲜美，苞谷菌滑嫩清新，真是大开胃口。母亲熬的菌汤并没有吃完，第二天兑水下了面条，虽然没有肉搭配，但似乎比有肉更香。我知道母亲心里高兴，她并不是为我们背回来的柴火而高兴，也不是为了我捡回去的苞谷菌而高兴，她是为外公的平安归来而高兴。这要是放在平时，我从山中找来的羊肚菌、鸡冠菌、珊瑚菌、板栗菌、鸡枞菌、牛肝菌、黄丝菌、刷把菌、香菇之类的，她向来舍不得自己吃，都是晒干以后，拿到集市去卖，换点零钱贴补家用。要不是有外公在，我哪有这般口福。

到了冬日，山中的草叶基本枯萎，这又到了我大显身手的时候，我能从一堆枯藤之中辨别出地瓜和野山药、百合的藤蔓来。顺着它们的藤蔓准能挖出来一筐地瓜、细长的山药和莲花似的百合。

它们可炖可煮，可炸可炒，我的任务就是把它们弄回家，至于厨艺则完全交给了母亲。如果出去一趟收获颇丰，也会把它们分给二伯和婆婆。野生的食材完全没有经受过肥料的污染，味道清纯，滋补效果明显。对于那个物资非常匮乏的年代，山林便是另一个储藏食物的粮食基地，野李子、山楂、苦李子、野核桃、麻李子、野草莓等都能成为扛饿的"神器"。而我常年在林中窜来窜去，对于哪里分布着哪些药材和山果早已熟记于心，一切都装在了我的脑子里，常常想都不需要想，直奔目的地。

有一次，我扛着一把锄头去后山挖山药。挖着挖着，挖出来一窝蛇蛋，我一激灵，立马扔下锄头跳开到三米之外。

我打小就害怕蛇，这下子岂不是挖到大动脉了。我顺手折断一根树枝，握在手里，心有余悸地望着蛇蛋，并没有响动，还好母蛇不在。我赶紧把四周的土重新回填，然后离开了现场。

冬日里，百草凋敝，林中唯有鹿环草（当地方言，实为鹿衔草）常年青葱，从白雪中伸出一片叶脉，根茎细长，暗绿色。据说该草有延年益寿之效，可用于治疗风湿痹痛、肾虚腰痛、腰膝无力等。每次在林中看到鹿环草必采之，拿回去交给父母，他们将它晒干或直接炖煮。在物资匮乏年代，一般过年的时候才舍得把它拿出来和猪蹄子炖在一起。我吃过鹿环草并没有感觉到有什么特殊之处，但是山中老人常犯咳嗽、哮喘以及肺结核咯血，常常将它入药和白及搭配，清水煎煮服用。后来我在《山西中草药》中找到"鹿衔草、白及各四钱，水煎服"的记载。陕西山西本就接壤，自古便有秦晋之好，诸多药方和当地习俗都是通用。在《陕西中草药》有"鹿衔草一两，猪蹄一对，炖食"的记载。这样的做法在陕南的山林之中非常普遍，足见先民的生活习惯仍旧在传承，只是大家都比较随意，将鹿环草和猪肉一炖了事，没有精准称量的习惯。另有一说，鹿环草对人的视力有极大的帮助，明目清肝，只是关于这类的记载并没有在文献之中找到相关出处。可能在于鹿环草对视力的作用只是针对某些具有特殊体质的个人，不具有一定的普遍性。

鹿环草与鹿到底有没有关联，这是我小时候一直追在大人屁股后面问的问题。无一例外，他们都说这个草是鹿吃的。可是，我自小就在山林中闲逛，从来没有见到过鹿的踪迹，对于这一说法我始终秉持怀疑的态度。"呦呦鹿鸣，食野之苹"这样的场景向来只能存留在想象之中。但将鹿环草的叶子反转过来，集中一束，隐约有鹿身的图案。造物奇异，或许还有诸多奥妙等待我们的探索。

清代杰出的文学家蒲松龄存留于世的《聊斋志异》中有《鹿衔草》一章，有如下描述：

关外山中多鹿。土人戴鹿首，伏草中，卷叶作声，鹿即群至。然牡少而牝多。牡交群牝，千百必遍，既遍遂死。众牝嗅之，知其死，分走谷中，衔异草置吻旁以熏之，顷刻复苏。急鸣金施铳，群鹿惊走。因取其草，可以回生。

其描述的具有异香气味的草应该就是鹿衔草，已经死翘翘的公鹿闻到这种味道，居然能够马上清醒过来。实在是不可思议,充满了鬼魅和巫气。在蒲松龄的笔下,鹿衔草似乎变成了一种神药,具有起死回生之效。相较之下,明代云南嵩明人兰茂所著的彝医古籍《滇南本草》,关于鹿衔草的记叙或许更为可靠:

> 治吐血,通经,强筋,健骨,补腰肾,生津液。

有一点可以确认,云南和陕西的山林之中至今还生长着大量的鹿衔草。山中居民也有采摘、食用鹿衔草的习惯。作为药材,它成为不少药物的重要成分。在《中国药典》中关于鹿衔草的作用还有一首传世速记歌:

> 鹿衔草苦温,味甘归肝肾。
> 祛风强筋骨,止血止咳能。
> 肾虚腰膝软,肺虚久咳困。
> 止白带崩漏,疗诸出血证。

春天,山林一派繁华,一改冬日萧瑟之景。路过水井路的时候,野生竹林中便藏着一股幽香。循着味道,扒开草丛,钻进去一看，正是一株兰草花。其叶子青翠遒劲，有"一波三折"之形，黄色花苞透着一股高洁的气息，有着一尘不染的精致。古有云："兰之香，盖一国。"因此兰花也有"国香"的美称。山中人并不知道如何欣赏这花，只言其味道好闻，特别香，过去有老中医把兰草花挖出来入药过。我听后甚是不满，它远比淫羊藿要漂亮多了，即使在山林之中，兰草花也并不常见，依然是稀缺之物，入药了实在是可惜。

　　山中人也是爱花，这么多年过去了，那株兰草花依旧在，没有谁把这花挖出来栽到自家庭院门前的。独乐不如众乐。凭着印象中的记忆，那株兰草花应该是春兰。查询资料，其产地主要分布在陕西南部、甘肃南部、江苏、安徽、浙江、江西、福建、台湾、河南南部、湖北、湖南、广东、广西、四川、贵州、云南。生于多石山坡、林缘、林中透光处，海拔三百到两千多米。春兰全草可入药，具有活血祛瘀、清热解毒、驱虫、补虚的功效。这也刚好验证了之前老中医采药的依据，加上安康就是陕南，我便更加确定当初看到的就是春兰。春兰先后被列入世界自然保护联盟红色名录和国家重点保护野生植物名录等，这也就能够解释其为什么比较少见。

　　我一共在山中见过三株春兰，另外两处都在无人居住的原始森林中,但由于时节的原因并没有开花、散香,着实可惜。春兰是我国培育历史比较悠久的兰花品种之一,古往今来就是文人们的挚爱。兰花入诗入画数不胜数,兰花同文人雅士的典故亦不在少数。大概是人们过于喜欢春兰,又有花中"四君子"的美誉,导致它越来越稀少,也越来越珍贵。

兰草花的清香尚未散去,一场雨水过后,它身边的竹笋就开始冒头了。这股来自地下的力量,不可小觑,它们几乎每时每刻都从未停止过生长。它们顶着露水,很快冒出地面。我见到新出芽的竹笋异常兴奋,并不着急去掰它。我记住它们的位置,并用杂草掩盖,做一标记,防止他人掰去。等它们长到齐膝的位置就请回家去,脱去蝴蝶花瓣一样的笋衣,一截黄白的笋芯就出现在我们的面前,像是没穿衣服的婴儿一般。春笋味道真是好,东坡说春笋比肉好,可能有点夸张,这是文人的通病。但凡在底层过过苦日子,让你半年吃一顿肉,便绝对不会有这样的想法。东坡的日子自然比不得我们山中的清苦,但是春笋和肉清炒在一起确实好吃,清爽可口,原野入味,肉香四溢。

竹笋亦可做汤,开水汆过之后,竹笋变得绵柔缠绵,凉水过三遍,荡去竹笋芯上的高温,两根手指头掐住一根笋,另一只手轻轻一撕,笋就从一个圆柱形变成长条形,沥干水分。大火烧锅,用筷子蘸一小坨猪油,烧开冒出青烟,再放提前备好的姜片、蒜末、辣椒、野花椒,倒入笋条快速翻炒,加盐入味,再倒入清水或者开水,水翻滚以后,鸡蛋入碗搅拌浇入汤中,再放上一撮小葱,一碗竹笋鸡蛋汤便做好了。笋汤鲜美,似多年的老母鸡熬成的醇厚鸡汤,香飘十里,在地里干活儿的人,鼻子最灵了,便说这是谁家掰了春天的第一道笋呀,真是香。耸耸鼻子,肠胃里的馋虫便开始翻动,也没了心思干活儿,烧一杆旱烟解馋。

清水洗尘。只要一有雨水,我就钻到竹林里,往往要掰一尿素袋子的竹笋。走到路上双脚生风,大家就开始羡慕,说水井路上的笋子都成我们家的了。我一听,也不跟他们言语,只是装傻笑一笑,但神态中不自觉增添了几分神气。回到家中,把竹笋往堂屋地上一倒,粗粗细细的竹笋躺在地上格外养眼。大人们就围过来剥笋。小时候没有什么玩具,母亲把从地上捡起的那一层一层、一节一节剥下来的等腰三角形——笋箬,用一根小木棍轻轻一撑,就变成了一把袖珍小伞。雨水天气多的时候,母亲会把我找回来的竹笋分成三部分:一部分当下享用,她也是变着法地做笋,一笋多吃;一部分过水之后,撕成一条一条的,放在簸箕里面晒干,过年的时候再拿出来炖肉吃;还有一部分,母亲会把它们和酸菜一样腌起来,什么时候口味寡淡了就从坛子里面取出两根,切碎,下个面条吃,打个牙祭。

竹笋的生长速度非常快,笋箨也跟着伸长脖子,拔节。往往不过一晚的时间,它们便蹿得老高。如不稍稍盯着点,很容易错过最佳掰笋的时间,笋变硬变柴之后实在难以下咽,笋汁嚼尽之后,如同筛糠。曾在某个视频上看到竹笋的力量,大意是说一个人如果躺在笋生长的地方,笋会完全穿透人的心脏,直逼苍天。某个国外实验团队为了保证实验的真实性,他们在植物学家的建议下,选择了坚固性和生长速度俱佳的毛竹。他们开始测试,需要多大的力量人体才能被一根竹子穿透。因为无法在人的身上做实验,且小白鼠自然也无法承担这一重任,所以实验团队选择了一块猪肉,通过计算得出要想让竹子穿透人体大约需要的力量。他们采用硅胶仿真材料模仿人体结构做了一个假人,而竹子穿透假人所需要的力量和我们人体大致相同。在充满阳光和雨水的环境里,仅仅用了五天时间竹笋就轻而易举地穿过了假人的心脏。第二次世界大战期间,法西斯的部队里就有人利用这个原理发明了一种惨绝人寰的酷刑——竹刑。将人固定在有竹子即将破土而出的地面，利用竹子生长穿透人的身体，在这个过程中，受刑的人会感受到竹子快速生长对身体造成的破坏和无尽的绝望，直至死亡。竹子的生长速度非常吓人，在后期开枝散叶阶段一天就能生长一米五到两米，最慢的时候也能轻松生长两到三厘米，遇上雨水天气，速度还会成倍增长。

吃笋只有一个月的时间，错过这个季节就只能等来年了。最近几年，虽然没有回老家，但一到日子了我就给母亲打电话，让她去掰笋。头两年，还能掰一些，她剥好过水之后，真空包装给我发个航运，但总是感觉没有从前那个味儿了，不知是何原因。这两年雨水也多，但土里面的笋子也不怎么发芽。到远一点的地方也能找上一些，但终究无法同过去相比。我们那一带的山民，大多是清代康熙到乾隆年间随湖广填川陕移民而来的。我们蔡氏是从湖北通山而来，当地又称"通山佬"，在过月半节的时候往后延两日以作区分。据爷爷生前讲述，过去我们的竹林还肩负另外一项手艺——生产竹纸，诗书传家。那时他已病入膏肓，年轻的时候被抓了壮丁，经过战争的洗礼只余下半条命，成家以后忙着养育儿女,他所掌握的手艺只传了一部分给大伯,用篾条编制撮箕、簸箕、背篓、筛子等,而那项极其复杂,造一张竹纸要用三个月的技艺终究没有来得及传给后人。

我刚上大学那年,初到新疆,第一次在校外做兼职,在一家餐馆点菜,看到菜单上有笋炒肉,眼睛一亮便点了。过了一阵,服务员把菜端上来,我一看没有竹笋呀。我说:"这道菜不是叫笋炒肉吗?笋在哪里?"服务员瞥了我一眼说:"是的呀,笋炒肉,那个绿色的不就是莴笋嘛。"不得不佩服,中华文化博大精深。我望着盘中菜,无奈地感叹道:"此笋非彼笋呀。"后来才知道,新疆的天气干旱,年降水比较少,很难见到竹子,除非有特别提到,否则凡菜单上的笋皆为莴笋。

笋一旦开枝散叶就会变得坚硬起来,从笋到竹的过程,竹笋会伸开臂膀,竹叶一片一片地萌发,一根孤立的笋便就有了竹子的模样,经过几日太阳的照拂,它便宣告成年,变成了竹子,心肠也强硬起来。虽然中间是空心,但是竹子刚强且有韧性,成为挺拔在风雨中的奇景。我对竹条最不陌生了,大人们喜欢用竹枝打人,既能达到惩戒的效果又不伤及骨肉还不留痕。它有一个比较贴切的说法:下面条。我刚开始听不懂这话,还天真地以为母亲会给我下面条吃。吃了几次别样的面条以后，只要母亲脸色稍有不对，我变提神机警起来，随时准备逃跑。回回逃跑，母亲也懒得去追，只是隔空放出狠话："看你回来不把你打死。"这样的话，我听得多了，自然也不会放在心上，该怎么要还是外甥打灯笼——照旧。某日，这一招似乎不再灵验了。我在前面跑，母亲在后面追，没有要停下的节奏。我往林子里钻，母亲也往林子里面钻。我的步子小，母亲腿长，迟早要被追上，已然跑过两面山，母亲还是没有善罢甘休的意思。我的体力已经透支，双腿僵硬，再这么跑下去，何时是个头，我不知道自己还能跑到哪里去。于是乎，好汉不吃眼前亏，我转而往回走去，边走边承认错误。像是一阵暴雨一般，竹枝从上打到下，从头打到尾，从前打到后，我能感觉到母亲鼻腔中的怒火。她一遍一遍地骂着："你不是挺能跑的嘛。你跑呀，你再跑一个我看看。"我一句也不回嘴，等待着母亲消气。我真是佩服母亲的体力呀，那种誓死追到底的气势终究让我不得不选择怯弱妥协。

　　竹子不仅能用来打人，还可以用来教学，山里老师用的教鞭就是竹根。上学的时候，人人要自己用竹条扎一把扫帚带到学校。竹子扫帚好处是扫得面积大，效率高，用的时间短，但缺点是刚开始的时候人在前面扫，扫帚上的竹叶也就跟着掉下来了,扫不干净。启蒙前,人人家里都会为孩子准备一个用竹子做的数学教具,用来数数。家长用篾刀削出二十多个竹片,口香糖大小,再用铁丝在炭火里面烧红了,拿出来往竹片的顶端烫一个洞,二十多个竹片一一烫完,用一根结实耐用的尼龙绳子穿起来。再找来一根大竹枝,在火上一烤,迅速将其弯曲成弓的形状,两端照常用铁丝烫一个洞,那一排排串联起来的小竹片和尼龙绳就绑在两端的洞里,一个简易形似弓的教具就成形了。它可以用来数数,也可以用来算加减法,先数一部分竹片,加法就把要数的另一部分放在一起;减法就把另一部分剔除,数余下的即可。正是靠着这样的工具,我练就了快速而准确的口算能力。这种工具只有山里人使用,也算是山民的一种独特的智慧。

二年级的某个夏日,我和同学路过一处空房子。房子的主人已经搬走了很多年,搬走的原因也非常奇葩,是家中的老太太在一次上厕所的时候,不慎滚落被淹死了。要知道山中多是旱厕,能淹死人说出去,恐怕很难有人相信,但事实就是如此。随着读书视野的扩大也不觉得是什么稀罕事了,皇帝照样有被厕所淹死,何况平民老妪乎?历史上的晋景公不就是这般死去,成为史册中的一个笑话。办完丧事以后,这家人就迁走了。空房子外面有一片竹林,可谓茂林修竹,长势喜人。我们放学以后经常在这里逗留玩耍,同学带的米酒多半与我共享。某一日,他从书包里拿出一把砍刀,我吓了一大跳,以为他图谋不轨。原来他早就想打这片竹林的主意了,他伐倒了两根胳膊粗的竹子,剔净了枝叶,我们一人扛着一根竹子回家了。那时,我刚搬到父母新建的房子里,母亲刚好用来在屋里挂衣服,后来搬到山下,这根竹子也随之而迁,直到现在还在湾里面的房子里。当我看到这竹子就会想起我们童年那些快乐的时光, 就会想起我们青葱时的模样,那会儿我们都那么小,两个人在空旷的竹林中却从未感到过丝毫的害怕。真是无知者无惧。我和那位同学已经有十几年没见面了,当时那碗米酒真是香甜呀,仿佛仍在我的口中回味。

我那同学的手是天生的匠人之手,他手工极好。他能独自爬上竹竿,从一根竹子移动到另一根竹子,心不跳,脸不发烫,如履平地。他虽然厌恶学习,记不下书中内容,但是每次在横栏的作业本上画格子当作田字本,他向来笔直,大小均一,不像我明明尺子靠上去是直的,但笔墨一旦落在纸上就斜斜歪歪了。他对上学有一种天然的厌恶,有好几次他都悄悄地让我放学去竹林里找他。他每天早上按时出发，晚上也准时回到家，但学校里见不到他人。他一个人在竹林，用竹条能编织出形形色色的动物来，惟妙惟肖。纸终究包不住火，大人们其实早就发现了他有逃学的迹象，每日书包里书的位置都没有发生变化，他父亲悄悄地跟在他的身后，见他钻到竹林里，把书包当作枕头一垫就开始睡觉……他最终留了一级，变成了我的学弟。这或许是他父亲的私心，这样一来他便可以带他弟弟一起上小学，大人再不用操心。生在农村，很多事情身不由己。我想以他的才华与天赋，如果能够学一个美术或工艺相关的专业，前途或许不可限量。但人生就是人生，从来没有如果与或许。我们都得沿着自己选择的路，从头走到尾。

把石头喂到江心深处

"把石头喂到江心深处。"这是我们三人在汉江边玩水上漂游戏时无意说出的一句话，但我却把它认真地记到了脑子深处。

正月初五，还在年里面。我要赶第二天早上从西安去新疆的火车，茂森也要准备开始上班了，荣兄虽然在城里，也有了孩子，但身在部队。高中毕业十一年了，我们三个人还没有在一起吃过一顿饭。我们三人便约好在城里见一面，说说话，吃完饭以后又觉得无处可去，于是我提议一起到汉江边上走一走。汉江无数次被我写到纸上，流经我的梦乡。这还是我头一次去触摸汉江，我们拖着笨重的行李向江的堤岸走去，下了堤岸把行李垒在汉江石上，脱下笨重的羽绒服覆盖其上，一种莫名的仪式感涌上来，这便是生活。就像这些石头一样，它们的形成和命运的轨迹都是自然而然的事情，无须模仿也模仿不来。

　　我们虽都过了而立之年,但在汉江宽阔的胸怀中,依旧是一个长不大的孩子。我用双手捧起一泓江水,它清冽,不过已经有初春时的温暖气息。我想这浩荡的江水之中也有来自我们村庄的一滴,其实我们就是那一滴水,翻过无数道坎坎坡坡,走出了大山。我没有喝下手中的水,捧起,又放下。我们三人来自同一个地方,虽毕业多年,但从未中断联系。我们聊生活,也聊文学,只是理想变成了一个很遥远的词汇。

　　我们捡起石头,把扁平的汉江石扔到江水中去。石片脱手之际,如同练就了轻功,在水面上快速地跑向江心。旁边的人拍手称好,有人拿出手机拍成视频,或许是因为很少见到三十岁的人还玩这么幼稚的游戏, 又或是因为我们的技术好。水上漂给我们带来了快乐,石片也得到了一次灵魂的飞跃,它将随着汉江之水开启另一段漂泊的旅程,这不就是我们自己嘛。三个小时之后,我和茂森将乘坐火车,一路穿过涵洞、隧道,翻过秦岭,越过夕阳,抵达远方,开启半生的漂泊。

　　江水的中央浮游着成群的鸭子,朋友大胆地说谁能把石头漂到鸭子跟前,那就厉害得不得了。这有什么难的? 说罢,三人就开始轮番尝试,最后发现别说到江心,就是连一半的距离都没有漂到。看来借助推力的水上漂是无法抵达江水中央的,因为石头离开我们的手之后,它所携带的力量是逐步下降的,每一次穿过水面阻力便会一次比一次大。就在这个时候,茂森说:"石头还没到鸭子的跟前鸭子就被吓跑了。"我说:"我们把石头喂到江心,喂到鸭子的跟前呢?"后来直接换成了徒手扔,我们中学里仅有的掷铅球课程派上了用场,然而三个瘦子想把石子扔到江心,纯粹是在做白日梦。人或许只有在这个时候才又一次地认识到自己的渺小与无知。

打完水上漂,我们又玩起了堆放石头的游戏。从大到小,每人轮流加一块石头,石堆便会越来越高,也会越来越重,它的中心将会随着石头的重量开始发生偏移。你一块,我一块,不知不觉间就已经垒起了三十多块,三人也是越来越小心,石头也越来越小,石堆也开始晃动。为了防止耍赖,我们制定了一个规则,石头最小不能小于指甲盖。不知不觉间石堆已经齐腰高了,巉岩嵯峨。如果我是一只蚂蚁,一定会惊喜于造物主的伟大。朋友赶紧拍照,我们都明白稍有风吹草动便会轰然倒塌。宫阙万间都做了土,何况是我们随意垒起的石堆呢？这中间碰到了两次摇晃危机，先是茂森，后是荣兄，我们都不希望自己是坍塌前的最后一块石头。所以当出现摇晃的时候，另外两人便躲得远远的，以便他能静下心来，不受外界干扰。所幸顺利度过两次危机。后面我们便再没有往上放石头了，及时停下，欣赏眼前美景。

茂森突然说了一句，看到汉江他想哭。我们没说话，因为他已经替我们说了。

我们翻石头，荣兄寻到一块不错的石头，打磨后可以刻章。我翻到好几块有个性的石头，没有带走，它们也是汉江的一部分，它们有自己的想法。汉江或许就是它们最好的宿命，它们的奔走自有江水的神秘承续。一块石头会有它自己的秉性与情绪，汉江是它们存活的证据，这是事实，是一种稳定的安居。这方空间存留了它们太多的秘密、情感和记忆。

我们告别了汉江，荣兄还要回到部队值班。我和茂森到火车站准备一路西去，却出现了两个小插曲。进车站的时候，他被拦下，原因是携带的充电宝超过了规定的额定能量。他只好打电话给荣兄，把充电宝托付给他。我在车站里面等他，等他进来的时候已经开始检票了。我们上到二楼，由于他习惯于坐顺风车，没有带身份证的习惯，无法过闸机。我只好在列车上等他,在列车开出的前一分钟,他汗津津地跑上来。他说,补办了一个临时身份证。又说,荣兄在城里打不上车,他等不住,就到旁边的宾馆托了一个人寄到西安,给人家手写了一个地址,转了二十块钱。我说:"你没加那人微信?"他从慌乱中理出头绪:"对哦,我怎么没有加一个微信呢?"

火车在晚上抵达西安,我在茂森的房子里住下。从大雁塔往回走的时候,他问我:"你说我那个充电宝还能回来不?"

"一定能回来的!"

次日凌晨五点半起床,我们赶头一趟地铁,转了三条线,茂森花了一个多小时送我到火车站。等我上车以后,他才往回走。

没过几天,他就收到了快递。

现在回想起那个下午,波光粼粼的水面上,有一串石头在呼吸。

第三辑 · 生命

旷远

一

夏日里,天黑得比较晚。云层像是浆洗过的轻纱,被风不断地送远,月亮隐身其中,如果你不仔细看,很难发现,它就像是一片羽毛或是一幅人物油画眼镜上的反光。只是这白色的颜料让天空变得更加空旷辽远,我们变得很渺小,彼此的距离一下子被拉得很远。我们走在校园的主干道上,世界被不断地缩小,虫鸣在草木之间激荡,在它们的眼中我们是否是另一个月球?大地上的生命感受着这幽微的一切,我们所谈及的往事似是那一阵刚刚从我们面前路过的风。

另一阵风走在我的脚步后面,就像二十多年前我走在父亲的身后一样。他牵着一头黄牛,那是从水井湾的钟家借来的。父亲要用它来耕地,把土地的内心翻出来晾晒。要是往常,他一定会把我放在牛背上。那种感觉很是奇妙,视线一下子被抬高,远处的房屋与人一下子进入我的眼眶。世界在那一刻被放大了,但我仍是忐忑不已,双手无处安放,大腿和屁股上的热量被贴得很近,感觉随时都有被摔下来的可能。我又想起了我们家的那头牛,眼泪就忍不住打转。

牛被杀的那天,我躲在土墙房的墙角里,斑驳的墙壁抹了一层浅浅的石灰,但仍然无法遮盖陈旧的事实。蛛网上累积的灰变成了暗色,像是一枚沉重的树叶卡在其中。我害怕极了,无法控制住身体的抖动,似乎只有靠在墙角,依靠两面墙体才不至于软瘫成一团。泪水渗在皮肤上,经过寒风的检阅,似乎快要结成一层冰痂了。我在心里埋怨着父亲,埋怨着所有人。我觉得在那一刻,我成了世界上最孤独的人。他们都站在了我的对面,屋外寒风呼啸,大人们在院坝的苹果树下支起了一口大铁锅,火舌贪婪地吮吸着锅底,似有一口要把锅中的水全部吞下的气势。

三天以前,大人们围坐在屋里。地炉子里的炭火映在他们的脸上,像是敷了一层橙色面膜。板栗受热不时发出爆裂之声,他们烤着苞谷,就着从山里捡来的板栗。父亲说要把牛杀掉。叔伯们除了感叹老黄牛这些年为家里做的贡献外,似乎也只剩下这条路了。继而他们开始讨论,怎么分割牛肉,毕竟那会儿大家还没有分家,老黄牛虽然一直是父亲在照看,但也属于一大家子的共有财产。而在二十世纪九十年代的大山深处,物质条件极为落后。我记得有时吃上一顿面条都要高兴好几天,肉更是珍贵之物,况且还是牛肉。我第一次违背了长辈们的教导,站起来发表了见解。我哀求他们能够把老黄牛留下来。母亲率先把我抱了过去,似乎我犯了一个难以饶恕的错误。我的请求被他们轻而易举地就驳回了,老黄牛即将老死,还不如杀掉更有价值。大人们散会以后,我跟随父母回到偏房。我抱住父亲的大腿,哀求他能够劝劝叔伯把老黄牛留下来,我可以继续放牛、割草。他不理会我,而是很快用鼾声予以反击。我看着天上破碎的星星,夜晚漆黑,像是盖在屋顶上一般。

　　牛舍就在屋后的西北角,那是爷爷在世时单独给牛建的一间房子,和我们住的房子一样,也是两层,下面一层是牛住,上面一层用来堆放各种干草,便于老黄牛过冬。我在想要是爷爷还在的话,我一定会有办法留下这头老黄牛。毕竟,我说什么爷爷都会听。刚刚进来的时候,我已经看到村里杀猪匠的背篓放在院坝里,我看见他杀猪的那把刀直直地立在背篓里。我见过他杀猪的样子,先在树下燃一支香,没有一丝犹豫，上下牙一合，一刀直通通地就捅进去了。几乎是在同一时刻，猪就开始嗷嗷直叫，那是最后的绝望也是最后的绝唱。他将刀子抽出来，一股血流就往外涌，这时我的眼睛就被一个巴掌给盖住了。母亲把我护在她的腰间就抱走了。

我在想，我们家的牛也一定会叫出声来，那声音该有多么的凄厉。一想到这里，我就忍不住心痛，眼泪和鼻涕就一块儿下来了。越来越多的人进到了火龙屋里，他们的声音叠加在一起。我想冲出去，跑进牛舍，解开绳子，让老黄牛赶紧跑吧。事实上，我早就跑到了牛舍，我牵着绳子，老黄牛却没有往外走，无论我怎么拽绳子，它都立在原地。我走近摸摸它的牛角，它温顺地低下头来，抵在我的怀里，这时我才看见地上有一个大木盆，盆里全是细嫩的苞谷面，可是它一口也没有吃。不知道何时，父亲出现在我的身后。他似乎一眼就看穿了我的意图，我像个弱者落荒而逃，眼里满是对父亲的憎恶。我们彼此都无法理解对方，我没有说任何话，低着头的样子和老黄牛神似。进屋的时候，我看见瓦屋场的王叔扛着一条长板凳在往上走，我知道他们要把老黄牛按在那条宽阔的板凳上，然后……

我双手贴耳，嘈杂的吵闹声还是从指缝间漏了进来。我用尽全身的力气,力求和外界的一切隔绝开来,额头上有热气在飘荡。不知道是过于紧张,还是我关闭了耳朵上的那道门,世界一下子变得安静了下来,杀牛的过程似乎非常顺利。所有的人在屋子里进进出出,他们的脚步声像是远处传来的鼓点,激活了我耳膜深处的听觉,声音逐渐变得清晰起来,一切又都恢复了原样。他们的脸上挂满了喜悦,因为所有参与帮忙的人都会享受到一顿美味。而他们无法知晓的是,一个蹲在墙角的小孩在心中失去了一头挚爱的老黄牛。泪水已经在空气中迅速挥发,然而往事却不断地浮现在眼前。我牵着老黄牛往阴坡的上万里走,我走在前面,牛跟在后面,不时甩几下尾巴用来驱赶蚊虫。老黄牛最通人性了,往往我只需要一个动作或者轻轻咳嗽一下,它便明白了我的意图,这是作为一个放牛娃最幸福的时刻。多少次,在父母面前受了委屈,除了爬上屋顶就是对着老黄牛讲述了,它还会不时地轻哞几声以示回应。可是这一切,都毁在了父亲的手中。我在心中埋怨着他,也埋怨着叔伯们,埋怨着所有参与今天这场盛大活动的人,是他们夺走了我最珍贵的东西。

我的思绪开始往过去的日子里荡开,轻柔的山风、炽烈的太阳、群青墨绿的山地与草林,美好的时光永远只能留在记忆深处了。我不知道我在墙角蹲了多久，两侧的建筑开始往下倒，我想站起来却感到一阵眩晕，腿脚麻木像是被一股莫名的电流击中。我不知道时间过去了多久，母亲在灶屋里喊我吃饭。我踉踉跄跄走到桌子前，看到洋瓷盆里拳头大小的牛肉就感到一阵恶心，逃也似的往外跑去。院坝里的血迹已经渗进泥土深处，牛皮尚未煺毛，挂在苹果树的枝丫上。黄色的牛毛随着微风鼓动，在那一刻，我眼里有所期待，我伸出手去，老黄牛就回转过身来，可这一幕终究还是没有发生。我不得不接受老黄牛已经被众人剥皮扒骨的现实。一头老黄牛彻底地离开了我们，但是直到多年以后我还能听见属于它的声音。及至成年以后不断地在记忆的岁月里反复打捞，奔赴想象的现场，我才知道，老黄牛从来都未曾真正地离开过我们。

二

我们走在校园里，晚风习习，天空辽远，虫鸣藏匿林中。课程安排得紧凑而密实，我们拖着疲软之躯从教室里出来，像是得到了一次救赎。这时暮色环绕，月亮西升，像是接通了电源的发光体，朋友感慨于我的比喻，他接了一句，灵魂的反光。我们相视一笑，继续探讨关于某种生活本质的理解。我的脑子像是接通了某根电线，突然就想到深山里的鼓声，像是绵密的小雨一层一层接踵扑来。

那是我第一次开始注意鼓声，尽管它们也在爷爷的葬礼上出现过，但是所表达的意义却是截然相反。父亲和村里的长辈们从山下往山上修公路，每家每户的劳动力都从山上放下一根粗木，用韧性比较强的树丫缠了头部，打个活结就开始往下拉，像是牵着一条蟒蛇在往下走。遇到弯弯拐拐的路就把木头放到肩上，这时粗木上的树皮也已经开花，向外渗出清凉的血液。他们的目的地在两山之间的一座独木桥处，一条湍急的河流从此处路过，发出咆哮之声。一根年久而腐朽的木头被拆下来扔在一边，两边的人隔着河水说话相互听不清楚，只好双手合成喇叭状互相喊。

村主任烟管里的旱烟燃尽了以后，朝着石头把里面的灰烬磕出来，手一扬，大家就开始抬木架桥。先是几个人把鞋子脱了，河沙里钉了一排桩子，然后把自家带来的粗木立起来，又朝着对面放倒，两边的人一起使劲儿，尽量让表面平整，再在两端垫一垫，挖一挖，好让木头固定下来。刚放了一根粗木,村主任眼尖,就看到山上有一支三十来人的队伍在往下走。村主任连忙朝着众人摇了摇手,大家就自然而然地停下来。不到十分钟,便隐约有唢呐声和鼓声传来。那声音越来越近,鼓声间隙还洋溢着些许欢笑之声。他们从山崖的那一头转过来,便更加清晰了,有人说是山那边黄家送亲的队伍。六七个人的响器班子走在前面,敲敲打打,走走停停,十分有节奏。后面跟的是两边的亲戚,再往后是雇的人背的陪嫁,有实木箱子、柜子,还有几个人抬的大衣柜,都通通上了红漆,竹筒上也绑着红布条子。

队伍走到桥跟前两百米的时候才停下来,大伙坐在岩石上歇气。这时,鼓声嘎然而止,他们发现前面的桥被拆了,一根圆滚滚的粗木自然无法让送亲的队伍通过。新郎官便出来喊了句,桥啥时候能修好呀。大伙见村主任只顾自己抽旱烟, 也就没有人接话了。河对岸的人听不清这边在说什么,也都站起来看热闹,表情各异。年幼的我,自然搞不明白村主任为什么要这么做。抛出去的话随着河水一起朝着远方流去,河水愈加咆哮,人群中就开始有人小声私语。新郎官站在公路的正中央,一时不知道该怎么办,像是一个犯了错的孩子,脸上红彤彤的。新郎被黄家老爷子喊回去耳语了

一番，又喊来知客，招呼着自家亲戚开始给在场的每一个人
散烟、瓜子、花生，还有两个橘子。这时村长脸上的褶皱开始
变得松弛，整个人也和颜悦色了起来。黄老爷子上去打招
呼，又从耳朵两边取下两根烟双手递过去，村主任一边说
"有了，有了"，一边把烟装进上衣口袋里。黄老爷子已经把
火打着，用手捧到跟前。村主任就势吸了一口，说："怪不好
意思的呢。"黄老爷子把火柴在空中挥舞了两下，火焰便灭
了，说："表叔我们一起把桥铺起来。"村主任说："这怎么使
得，只是这桥恐怕一时半会儿铺不好，要不再辛苦你们从山
上绕一段路。"黄老爷子对着知客说："大家都辛苦，再上一
轮烟。"这时村主任才喊："大家麻利干起来。"把新郎叫到跟
前："好好跟你老子学吧。"

　　一时之间，人们的吆喝声和唢呐鼓声交相辉映，压过了
桥下的河水声，似乎河水都变细变小了。一层木头铺好以
后，送亲的队伍便踏木而过，似乎他们每一个人都走过了这
些木头所走过的路。

　　第一层粗木铺好以后，两边的人就聚在了一起。大家手
持老虎钳和铁丝，把临近的木头两两绑在一起，箍紧。村主
任说，响鼓不用重槌敲。河水依旧激荡不止，水声从下往上

拱，像是要把这些木头顶到天上去。但很快，那声音便衰弱了下去，又或者说把水声都盖在木头体内。村主任招呼大家用干枯的茅草塞住所有木头间的缝隙，在桥头取土，用筛子筛出细泥，我用手捏了一把，冰凉轻柔，像家里的苞谷面一样。其他人便一撮箕一撮箕地往桥上端，不一会儿凹凸不一的木头在泥面的加持下变得平整，如果说一座桥的骨架是粗木，那这些细腻的泥面就是血肉。站在桥上，河水的声音变得朦胧，像是手掐在了脖子上，不时有震动。架一座桥远没有这么简单，大家又开始在泥面上铺稻草，稻草之上横陈细木，与下面的粗木形成纵横交错之势，再用铁丝沿着桥边上下绷紧，接着继续往上面填细土，一座桥变得厚实起来。太阳掉在山的背面，周围的光亮暗了下来。大家高兴地抽起纸烟，脱去脚上的布鞋，在上面欢快地跳跃着，那份发自内心的喜悦，让人艳羡，这是另一重意义上的收获。大家伙手上点着烟，手臂下垂，烟雾缭绕像是悬空的河流在挣扎。他们把另一只手臂插在腰间，侧身指着某一根还能看见的木头，非常自豪地说："这根木头是我们家的。"

　　往回走的时候，我听大人们说起黄家老爷子。村长之所以为难他，在于他认为黄老爷子是根软骨头，打心眼儿里瞧不上他。事情大概是，黄老爷子从小孤苦，父母去世得都比较早，他是吃着村里的百家饭长大的，尤其是邻居林家对他尤为关注，他和林家女儿从小青梅竹马，林家视他为己出，一直供养到他上初中，那个年代，初中毕业即可分配工作。参加工作后不久他便和林家女孩定了亲，两家的长辈也都到一起吃过饭了，那会儿还请村主任过去做了个见证，可是没两年，他就撕毁了契约，迎娶了镇上张家的女儿。为此，村主任跑到他们家大骂过他一顿，于是两家再不往来。随后，林家女孩一时之间难以接受，便偷偷喝了敌敌畏，家人发现的时候已经断了气。他和新妇住在一起两个多月，一天晚上发生了一件怪事。新妇说总是看到床上有一个蓬头垢面的女人，对着她指指点点，她夜不能寐，再也不敢上床。为此，他请过道士，贴过符咒，并不见成效。女人只好搬回镇上，再也没有回过村里。后来生下一个男孩，就是今天的新郎，听说是上门到外地一个有钱人家。独子在外上门在农村本就矮人一截，除了个别亲戚无人捧场。

　　我们在黑夜中回到家，以后上学或到镇上都要路过这座桥。那座桥异常坚固，直到前两年村里开始种植烟草，烟草公司为了便于上山收购，开始公路扩建，这座土桥才拆掉。而当年的村长已经满头白发，再次见到他的时候，他已经不管村里的任何事了，他很明确地把自己归为闲人，他说替人做了一辈子的主了，也该为自己做主了。老两口住在村里的安居房，儿孙绕膝，幸福不已。而黄老爷子在前几年已经自缢于山林，等找到人的时候，整个头部已经变形，舌头吐出来很长一截，把猎人吓得屁滚尿流，只有犬吠声响彻整个山谷。他辞去工作以后，在河北某地包了一座矿，头几年可谓腰缠万贯，硬是一个人把一辆四个圈的汽车开到了山顶，威风凛凛，人走在街上买东西只付整钱，从不找零。人们就说，这人势必疯了，离死也就不远了。后来，村里开始出现外地警察，传言他的矿非法经营，还有命案在身，如果发现了他的踪迹举报还有奖励。人们倒是不关心奖励，而是他背后的故事越传越玄，几乎每天都会衍生出一个新的版本。可是让人们没有预料到的是，他竟然是以这样的方式走到了人生的终点。没有人知道他是什么时候窜回来的，但足见他誓死也要回归故土，他倒也是一个可怜之人，他的离去自然也为他的人生传奇增添了一层扑朔迷离的色彩。而当年那位新郎官上门到城里以后，就再也没有回来过，这座土桥似乎成了他的遗忘之桥，而他的母亲亦在十几年前就被送进了精神病院。

那座土桥是无言的见证者，多少人多少事从它上面经过，滚滚的河水漫漶着岁月的潮湿。鼓声不在了，水声依旧。几十年里，有时候超负荷的大卡车轰隆而过，土桥也不曾有过一丝颤抖。"什么样的人，造什么样的桥。"我每次路过这座桥的时候总是会想起村长的这句话来，它硬朗而坚挺，出身平凡却有高贵的气质，从容面对人世间的一切苦厄与欢乐。后来，土桥换成水泥桥，河水的声音再次被释放出来，变得清朗，但人们总感觉少了点什么，走在上面，缺一点味道。可究竟缺什么味儿，似乎又没有人能够说得清。水声如鼓点，日夜四处击打在河石之上，为山中的人们与鸟兽奏响原野之歌。

三

老黄牛的皮毛挂在苹果树上大概一个星期以后才取下来，我每日从树前路过便觉得悲伤的事物又一次降临，我心中的愤恨与不满便日益增长。风吹日晒，牛毛在阳光下变成了一面新鲜的飞毯，这时你很难把它和一头年迈的老黄牛联想到一起,似乎一改往日的疲软,有了一股抖擞的力量正在内部悄然复活。我似乎看见了一头健硕的黄牛猛然间从树上一跃而下,朝着条田奔跑而去。可当我揉眼定睛一看,原来不过是心中的幻想而已。

　　某天中午,我看见父亲一个人在工具箱里翻来翻去,最后找到一把錾刀。自从杀牛之事以后,我们父子很少言语,我们中间似乎有一座无形的山立在那里,无法跨越。父亲把高脚大圆木桌扛到院坝里,轻轻掸走桌面灰尘,錾刀揣在兜里,从树上取下牛皮,拇指按紧一端,另一头用红线绕了一个圈,两个圆就长在了牛背上。口袋里的錾刀沿着白色的围墙行进,圆形以外的牛皮被他随意扔在树杈上。牛皮裁好以后,父亲就把牛皮翻过来摊在平时晾衣的枯木上,用我平时割猪草的镰刀一点一点地刮掉油脂,整个过程极其漫长。我搞不懂父亲要干什么,疑惑的眼神并未得到任何提示。我开始一个人到山林去玩,上树或者找点药草,太阳落山前,我回到院坝里,父亲还在刮,镰刀和牛皮摩擦发出呼呼的声音,像是大风过境,也似棉签在耳蜗里来回旋转。一边刮一边用水冲洗,我觉得这一切太过于无聊了,或许因为看不见牛毛,悲伤也被风吹淡了,空中一股淡淡的腥味弥散。

夜幕中两张牛皮接受星光的抚摸，父亲在院坝里支起了大铁锅。没有干透的板栗木在火焰中发出戚戚的声音，露在外侧的木头便冒出一股热气和白色的汁液来。铁锅里先是倒入了半锅的石灰、一桶井水，搅拌均匀，煮沸以后，用葫芦瓢盛出倒在牛皮上。四周一提，一兜，像包包子一样，牛皮就被叠成了方形，扔在了竹篓里冷却过夜。做完这些，熄了火，他坐在苹果树的树根上，点一根纸烟，一呼一吸，和天上的寒星一样闪烁。那或许也是另一种无言的交谈，也是一个人唯一的慰藉。父亲坐在黑夜之中，他把木讷和孤独、不安与冷漠都交付给了夜色，在虚无的夜空中享受前所未有过的安全与平等。披着黑色的外衣，他不再具有任何身份，他只是他自己，而我也在多年以后才对此深有体会。

我不知道父亲是何时回到床上休息的，因为今夜的月亮依旧是镰刀形。老辈人教导我们遇到这样的月亮就要早点休息，即使走在路上也不能用手去指月亮，否则，月亮等到我们晚上睡着以后就会悄悄过来割我们的耳朵。在大人们的讲述中，规则似乎永远只适用于小孩，所以我早早地就裹着被子睡着了，生怕一不小心，早上醒来耳朵不见了，或者耳朵上多了一块疤。月亮没有叫醒我，我是在父亲劳作的声音中醒来的。第一缕太阳光偷偷溜进来的时候,把父亲用刮板刮牛毛的声音也一起送进来了。我眯着双眼,从小块玻璃的窗户朝外看去。到了吃午饭的时候,牛毛已被刮净,父亲并没有理会母亲喊他吃饭,他不上桌,我们也只好等着。他不知道从哪里找来了两块方形木板,撒了一层锯木屑,铺上牛皮用铁钉围了一圈,放置在猪圈旁立着。他洗完手,在饭桌上问我:"看到我撒木屑了吗?"我并不想言语,一头牛何曾想过被宰杀以后还要被迫接受这么多的酷刑。父亲问我:"知道为什么要撒木屑吗?"我摇头。他不给我思考的时候,说便于通风。我问他这些牛皮要用来做什么,他说要做一架牛皮鼓,下午去王木匠家借来工具开始做鼓身。

我尽量控制自身的好奇以免被父亲看出来,我可不想在他面前落下风。我望着猪圈前那两张牛皮,像是两张硕大的肉饼,太阳的光落在上面像是贴了一层柔软的金箔。想来这牛毛还是难刮,每年杀猪刮猪毛的时候只需滚烫的开水浇一遍便能轻松煺毛。猪皮和牛皮终究是差了十万八千里,所以才会有吹牛皮之说吧。

父亲做的鼓身和王木匠做的大圆木桶差不多,无非是锯一锯,上下套一层绳子用木棍在四面八方箍紧,一旦有间隙便用木棍缠绕一圈，直至完全合拢，木头相互挤压到最低，鼓身中间内置了四个弹簧。在做这些的时候，父亲把钉在木头上的牛皮取下，泡在水缸里一天一夜，再次晾干变软之后，接着就是给鼓身蒙上牛皮，沿着牛皮的边缘用工具打出拇指粗细的圆孔，两孔之间用钢筋固定，再用草绳穿过绞紧，悬空吊上一块花岗岩，牛皮绷直，再反复地捶打和蹦跳，不断释放韧性。父亲让我跳到鼓面上，我害怕自己会把牛皮踩破，并不敢上前。他一把把我抱上去，我忐忑地站起来，发现鼓面并没有破，小心翼翼地弹跳起来，似乎已经忘记了和父亲有过杀牛之恨。一想到这里，我就警惕了起来，生怕我们因此而讲和。我从鼓面上跳下来，躲在一边看着他自己跳上去反复踩踏，他这样的动作我只见过两次，还有一次是我们盖土墙房的时候，到最后一截的时候，他光着脚板在木槽里反复踩踏。其实，我们当地并没有这样的习俗，他大概是为自己脱离父辈而建造了一座属于自己的房子而高兴吧。随后开始钉青铜铆钉，他用墨斗在牛皮上画线，沿着墨线钉了三排，第二天傍晚才开始去除绞绳，沿着铆钉的下方把多余的牛皮裁掉，后来父亲用这些牛皮给我做了一把弹弓。最后父亲从漆匠家借来了红漆，打磨过后反复涂抹了三层，晾干以后，一个直径跟我差不多的牛皮大鼓就做好了。

　　当父亲用木槌绑上红布条，在鼓面反复敲打的时候，一下子就把半山腰的人都吸引过来了。鼓声似雷，是那样的浑圆而雄厚，我似乎听见那头被杀了的老黄牛一下子就复活了，它高亢的哞声正在一步一步向我靠近。其实，这就是它发出的声音，不过彼时是它用喉咙发声，而此刻它用自己的皮肤向大地呐喊，向山谷发出旷远之音。我没有控制住眼眶里的泪水，趴在鼓面上痛哭不已。我知道，从此刻开始，那头老黄牛真正复活过来了。

　　鼓声响起的时候，鼓面上的树叶一跃而起，像是一枚灵魂轻盈起跳。当我远离山中的时期，那头老黄牛时常牵着我在梦中的草地上行走。在我们村里，鼓声响起的地方必定有红事或白事，如鼓的两面，一面是新生，一面是死亡。鼓用它的声音定调，用它的语言表达人们心中最隐秘的喜悦或哀伤。

　　鼓声持续传递，老牛叫遍山野，千军万马的嘶鸣把我带回了童年时代，灵魂的反光正在来的路上。月亮变成了一面发光的鼓，静静地映照着大地。心中有山河，万物皆鼓手。我们走进丛林，走进黑色的深处，似乎我们都忽视了星空。

疯子与哑巴

日子一天一天向前奔,每过一天,我们生命的长度就会缩短一截,连同幼小的婴儿也是一样。时间就是这样的残酷,它从来不等任何人。日子一天一天向前走着,那些记忆中的人和事总是会在不经意之间从脑海中闪过。过日子,要向前看,而写作则是要向后看。那些被我们丢弃在身后的事物,总是在过了很多年以后我们才明白。在时间的赛道中停下来,向后看,看那些停留在脑海深处的坐标。回忆是一件非常奇妙的事情,它常常因为缥缈的存在让原本朴素的事物比发生之初还要多出几分唯美来,或伤感或喜悦,而诉诸笔端又平添了几分情趣。

我对十八岁以前大巴山那些往事记得比较深刻。现在回望,虽然已经过去二十多年,但故乡的一草一木、一沟一溪、一树一花都长在脑子里,不会忘记。它们像一群奔腾的烈马驰骋在深夜里,在寂静的黑色中朝我奔涌而来。

这几天,我的脑子里总是浮现出两个人来,我觉得是该为他们写点什么了。这两个人一个是哑巴,一个是疯子,或许他并没有疯,只不过是我们按照俗世的标准考量罢了。

他们两个人是兄弟,年岁也差不多,姓许。自兄弟二人相继去世以后,这个姓氏在我们村就算走到了尽头。这两人是被村里人当作饭后谈资时才会出现的。可是不知为何,我总是会想起他们来,想起与他们相关的往事来。或许整个村子里的人已经忘记了他们,但是存在过的就必定会留下印记。不记得是谁说的了,大意是一个人真正的死亡,并不是肉体的消亡,而是世间再没有任何一个人能谈论他们,想起他们了。

许氏兄弟两人,打了一辈子的光棍。我记忆中两人差不多是五六十岁的样子。他们住在婆婆院坝对面的坡顶上,不得不佩服他们房屋的选址很是用心,地势平坦,阳光充足,视域开阔。如若此处在城中,肯定早就被开发成了顶级商圈或富人私宅。许氏兄弟房屋跟前有一片树林,树林的尽头住着我的一个玩伴,也是他们的亲戚,算起来应该是他们的外甥。不过从我记事以来,我并没有看见他们之间有过任何来往。

哑巴在家里排行老二,我记得一九九几年的时候,那时候全村人吃水全靠双肩用扁担挑。一家人畜用水,没个十来桶的水根本拿不下来。半山腰有一凹地,不知是哪位先人挖的水井。水井是一口好井,是一口天然的凉水井,直到现在还在使用。这口水井的神奇之处在于它冬暖夏凉,数九寒冬的时候井面上冒着袅袅热气,这时,你把手伸进水井里,暖乎乎的,都有些舍不得把手拿出来。七八月正值酷暑的天气,地里的苞谷苗子都晒焦了,全身的叶子直打卷,这时,你把手伸进水井里,寒冷刺骨,整个身体一激灵,要连打好几个寒战才能缓过来。水井前是一片竹林,苍翠欲滴,煞是好看。我总是幻想着有身怀绝技的武林高手能行走其间,最不济也有手持宝剑,会飞檐走壁,会轻功的武林人士吧。可惜时间一天一天地过去了,我到最后也没有看见一位大侠的出现,倒是经常看见菜花蛇、四脚蛇、黄汉蛇在竹林里爬来爬去。

我第一次接触哑巴,五六岁的光景。我跟在母亲的身后,母亲请哑巴给我们家挑水,报酬是一袋细盐和一小竹篮的洋芋。哑巴没上过一天学,认不得一个字。村上的人请他们兄弟干活儿都是给实物。那是我第一次走进他们兄弟的房子。刚进大门口就有一股恶臭迎面袭来,现在回想应该是汗臭之类的。我只记得房间很小,窗台上堆满了杂物,没有光线进来,很暗。母亲一比画,哑巴很爽快地就答应了。

他们兄弟两人虽然穿得邋里邋遢,衣服黑得发亮,能看见反光,但是那一亩三分地却收拾得极为平整。那个年代,家家户户种地都要施肥,因为山地太贫瘠了,即使买不来尿素、钾肥,也要用上农家肥。许氏兄弟二人自然是买不来肥料的,但那几年他们家的庄稼出奇的好。我和母亲从他们的房子里出来,院坝跟前有两棵树,一棵碗粗的苹果树已经挂满了绯红的果子,一棵腰粗的柿子树也结满了青柿子。我眼巴巴地望着苹果树,并不是想吃,只是好奇。婆婆院坝前也有一棵村子里最老的苹果树,但明显和哑巴门前的这一棵有着很大不同。哑巴给我摘了两个又大又红的苹果,我脸上的乌云一下子就跑得不见踪影了。

挑水是个苦力活儿,我小时候就跟在大人的身后,大人们挑水,小孩子就拿上家里的烧水壶一边提一壶。我们回到家中,不一会儿,哑巴果然来了。我提着两个铝壶就跟在哑巴的身后。水井旁是一条一百多米的上坡,也就是因为斜度太大,我家不用扁担挑水吃的历史还要往后推六年的光景。

斜坡太陡水自身的压力根本没法将水送出，水走到一半就开始倒灌。几年以后，村里的暴发户牵头出钱集资买了一个水泵，这才改变了村民们用扁担挑水的历史。

我年纪小，步子也小，慢腾腾地跟在哑巴的身后。到了水井池子，哑巴用葫芦瓢给我手提的两个壶打满了水，甩甩手，示意让我先走。我走到斜坡一半的位置，回望哑巴，他才把两只木桶装满，用扁担把水桶挑起来。很快，哑巴就撵上来了，这时我才明白哑巴的用意。那时候哑巴确实有力气，几个来回都不带喘息的。哑巴让我走在前面，我回头看他，他就对我笑。他黝黑的脸曾经一度让我感到害怕，但此刻我心里感受到的只有温暖。我上到四年级的时候，好奇去翻我堂姐的历史书。当我翻到山顶洞人那页的一刻，眼前立马就浮现出了哑巴那张笑脸。

我家通往水井的这条路被长辈们命名为水井路，虽然没有城里的路牌，但从未有人迷过路。水井路上有一坟堆修得比较大气，都是用大块的青光岩垒成，初次和母亲挑水路过时，我还以为是一座男人的坟，母亲却说是许氏兄弟之姐的坟堆。它比村中其他坟堆都要大，按村里人的说法，坟堆最终堆成什么样子，其实和亡人有着密切的关联。男人的坟一般大气、开阔,女人的坟一般秀气、小巧,而夭折的孩童一般埋在阴坡并不起坟。他们朴素的价值观认为,这也是一种相,留在这个世界上最后的面相,"相"由心生。

坟前有三棵松树,虽没有达到亭亭如盖的样子,却足够挡住视线。人说,他们三人关系很好,所以才栽了三棵树。坟前有一条小路,似是并联电路中的支路,可通往许氏兄弟家中。现在想想也挺有意思的。有的坟堆只需看一眼,便心中不悦,面露难色,甚至半夜在噩梦中醒来。而我曾无数次经过此处,有时候天快擦黑的时候,我一人路过时也未曾有过丝毫的害怕。想来坟中人生前定是位慈祥之人,可根据坟前之树推测,她又走得比较早。哑巴挑水路过坟前的时候会不自觉地慢一步,看一眼坟,虽然动作很小,但仍被我看在眼里。

母亲常给我说,哑巴是个好人。如果他不是哑巴的话应该不会打光棍。挑水的活儿在农村不算是重活儿,但是挑着水走在崎岖的山路上就考验人的脚力了。挑完水,母亲又给哑巴切了半截腊肉,哑巴死活不要。后来村里的人在地里挖洋芋,闲聊时又说起哑巴,他们说哑巴的脾气怪得很,还挺倔巴,发起脾气来也不小。哑巴确实是有个性的,有点不为五斗米折腰的意思。有一家在当时比较富裕的人请哑巴去挑水、劈柴，哑巴竟然破天荒地拒绝了。被一个哑巴拒绝自然会成为村里人们的笑柄。他们咽不下这口气，上门给哑巴提了一袋米，结果被哑巴拿起弯刀撵了好几里地。

哑巴家的房子和我家只隔了一段梁，站在院坝里时常能看见他家的炊烟升起。后来我稍微大一点的时候，去采摘野竹笋。由于哑巴屋后有一大片野竹林，所以免不了经常光顾。下一场雨水，隔个两三天我就要去一趟。哑巴看见了也不说啥，遇到了暴雨我还曾跑到他家里躲过雨。那是我第二次到哑巴家。进门就是堂屋，墙角堆着一些个头不大的洋芋。左边是灶屋，靠近灶屋门口的位置放着一口大缸，缸边常有水渗出，那块不大的地面已经被水泡得饱胀松软，像是收养了一股子泉水在家。

哑巴的哥哥叫许子厚，正在火龙屋里搓陈年的玉米棒子喂猪，再里面就是房屋（卧室）了，余光扫过去摆有两张大木床，堆满了脏衣服和杂物。许子厚见到我没有说一句话，倒是哑巴很热情地给他哥比画着。院坝的左侧有一间旱厕，我觉得这间茅房比较豪华，在当时整个村子里恐怕也找不出第二间能够与之比拟的了。现在想一下依旧存有好感。茅房的空间很大,三面靠墙,透气性很好,也就没有那么臭了。院坝的右侧是猪圈,猪圈也比较豪华,四面都是土墙,和人住的房子是一个标准。之所以说比较豪华是因为村里的猪圈和茅房大多是放在一起的,由上下两层或左右两面组成。一面是放养畜生的地方,一面是人们自行方便的地方。更多的是搭个棚子,或是挖个露天的坑就算完事。哑巴家的茅房当属"极品"。他家的猪圈是平地,听人说是他姐姐过去的房子,出嫁以后就荒了,后来就干脆做成了猪圈。头几年两人还养过几头猪,慢慢地年龄大了,猪圈也就废了,成为村里小孩玩耍捉迷藏的地方。

当我再次听说哑巴的时候,哑巴已经被石头砸死了,救护车拉到镇子上才走了一半的路就断气了。那时我们已经搬到山下住了,村上修路,据说是一位钟姓农民在放炮过后,把一块小山般的石头推下了山,哑巴路过当场被砸断了腿,村干部知道后叫了救护车。哑巴是村里的五保户,我时常看到他从村支书家背回大米。哑巴死后,哑巴的侄儿到处打听是不是那位钟姓农民推翻了石头。这种事情自然没有人会做证,也就作罢。哑巴就这样走了,当我听到这个消息时,心中很不是滋味。

哑巴就埋在他门前那棵柿子树下，柿子树是不开花的，我想这里也是一个不错的归宿，哑巴一定也是喜欢苹果花的，就在他的旁边。

哑巴的哥哥许子厚在村里还算是比较有文化的，他上过初中，据村里人讲他还是我们庙沟小学曾经的代课老师，虽然小学只有两个年级，而且还在一个教室里，但这并不影响众人的认知——许子厚是一个有知识的人。

我第一次见许子厚就是去他家里躲雨，那个时候的许子厚还是有些体力的，后来我经常看见他上山砍柴、背柴，门前的柴火也是摆得整整齐齐的。不过许子厚比哑巴还邋遢，他秀起个长发，几个月不洗是常事，长长的头发结成一张扎实的饼，有时候老远就能闻见一股酸中带馊的味儿。

我八岁的时候，天天在村里跑来跑去，一天，我看见许家屋后的花柳树上结了两个马蜂窝。这两个蜂窝比我家用来挑水的木桶还要大。也不知道为什么我就想用石头把这两个马蜂窝给打下来，但是我从未想过打下蜂窝的后果。我拿起石头朝蜂窝扔去，可惜总是扔不准，最近的一次砸在树的枝丫上，马蜂还没有飞过来呢，许子厚就追着我骂，我只好撒腿就跑。现在回想起来倒是觉得有些对不住他，毕竟惹恼了马蜂,遭殃的不是我。

　　早些年许子厚据说是村里最帅的小伙,加上有文化,身边围了一群女孩,可是许子厚谁也没看上,有可能是他太挑了,所以最终也没能成家。再后来年龄越来越大,还有一个拖油瓶,女人们就看不上许子厚了。

　　要我说许子厚这个人比他弟哑巴更怪,平时总是会喜欢说一些莫名其妙的话。村口有一棵百年榆树,有一年刚刚立春没多久,雪就一层一层地往下掉,雪化了之后,人们就看见许子厚在榆树前叽叽咕咕地说着些什么。近了才听明白,许子厚说,完了,完了。周边的人就当是看个笑话,也没有人在意,心想这个人莫不是被冻傻了。不过这一场雪确实下得莫名其妙,据百岁老人讲还真是头一遭。有人就调侃许子厚,说:"许子厚,你给我们说说咋就完了。"许子厚立马昂起头来,顿顿地说道:"你们看见这棵树没有,这棵榆树至少两百年了,站在村口能保佑我们一村的平安呢。如今这棵树快要死了,它不是从根部开始坏死,也不是从顶部开始枯死,而是从中间部分,这就要倒霉了哦。我看这几年村里的年轻小伙子怕是比较难过哦。"问的那个人悻悻而归,临走时还不忘骂一句:"狗日的许子厚,活该你一辈子打光棍,哪里有你这样咒骂后辈的。"许子厚说:"你娃儿也要注意着哦,只要不上树就能平平安安。"许子厚的话大家谁也没有在意,可是到了六七月份的时候,在山西挖煤的年轻人就走了三个,两个因为塌方,一个因为瓦斯爆炸。而那个问许子厚的壮年,因为上树用竹竿打核桃的时候踩空坠地,到年底才苏醒。等他完全康复的时候,因为下煤窑、下铁矿出事的人已经有十来个了。这时人们想起许子厚的话来,不免有些后怕。

那几年村里的亡人确实比较多,差不多隔几个月就有人走了。按照村里的习俗,亡人走后,要在家里唱一夜的孝歌,又叫丧鼓歌,就是敲锣打鼓唱一夜,唱的内容也大多是经典历史曲目,像《杨家将》《岳飞传》之类的。等到天亮的时候,还有一个程序叫还阳,这时唱孝歌的人会根据亡人的生平现编现唱一首还阳歌。这也是展现唱孝歌之人的技艺之一,他要准确公正地总结亡人的一生,不偏不倚,就是孝子后人也不能妄加干涉,是善是恶最终都靠他一张嘴。唱到动情之处亲人们已是泪如雨下,号啕大哭,撕心裂肺。就是旁人听了也不免要眼含泪水,悲痛欲绝。歌毕即是"还阳",这时会将亡人的棺材打开,让亲友、孝子看亡人最后一面,同时要防止伤心的亲友将泪水滴进棺材。

有一天也不知是咋的了，月亮刚钻出来，就听到一声"月亮弯弯照九州哟，阎王爷请我来开歌头唉，嗨哎哟、嗨哎哟……"人们寻声望去，正是许子厚站在屋东头唱孝歌。这可把村里人吓了一跳，以为是他家的哑巴走了。大家赶紧换上干净的衣裤，一顿慌乱捯饬往歌声的方向赶过去。结果到了许子厚家，一看，他一个人在他家的墙拐角处唱得正投入呢。原来是虚惊一场，骂一句也就悻悻而归了。

人们以为他唱上两句也就算了，可没承想他唱了一夜。早晨醒来就骂娘，一夜没有睡好。人们以为他唱一夜就算了，不承想他唱了一个月，大家就知道许子厚疯了。因为是疯子，你不知道他会做出什么事来。也没有人敢去打扰他，见面都绕着走。我开始佩服起许子厚来。他一夜一夜地唱孝歌，精力充沛，也不知道白天在干吗，是在休息吗？要是让我唱一夜，可能半夜喉咙就要嘶哑了。

慢慢地，人们就习惯了。后来有人说，许子厚小时候也疯过一次。他小的时候放牛，脑子被牛踢过一次，受到了惊吓，这次或许也是受了什么刺激才病的吧！不过他这病，病得奇怪，天天晚上唱歌，在村庄的历史上还是头一遭。又过了一段日子,许子厚开始不分白天黑夜地唱孝歌。人们早上醒来的第一句就是咒骂许子厚:"那个砍脑壳死的,又唱了一晚上,整得老子一晚上没有睡好。"

据那些唱孝歌的人说,许子厚要是不病的话还真是一把唱孝歌的好手,而眼下会唱孝歌的人越来越少了。以前唱孝歌的都是中年人,父死子继,有点世袭的味道。可随着社会的发展,人们渐渐失去了对农耕的依赖,年轻人就觉得这门手艺养活不了,宁可出门打工也不学。以至于近些年来出现了唱孝歌的人比亡人的年龄还要大,甚至请唱孝歌的人还要排队的现象。这毕竟是亡人的最后一场仪式,谁也舍不得让自己的亲人就这样悄无声息地走了。

可是许子厚要是不病不疯,人们又怎么会知道他会唱孝歌呢。人就是这样活在矛盾中。许子厚以他自己独有的方式活在人们的心中。这一天,许子厚又开始唱孝歌了,从中午唱到晚上。村主任都有些恍惚,抽着旱烟认真听起来。因为许子厚唱的都是一些老腔,是一些很多年没人唱过的词调,村主任在家里听了一下午,他媳妇在家破口大骂:"许子厚疯了,你也疯了吗?"

"你个臭娘儿们,懂个屁。这词正是我小时候听我爷爷唱过的,失传了好些年了,这个许子厚咋会唱呢? 真是个怪世道。"

终于有一天,人们晚上没有听到许子厚的歌声了,可是这一夜整个村子都没有人睡着。女人们说,这个挨千刀、砍脑壳的死鬼今天晚上咋不唱了。男人们则是在床上抽烟嫌娘儿们话多。这一夜风声清晰地穿过村庄,村子里的猫呀、狗呀都开始安静了,所有的声音像是被大地给吸走了。

多少年了,没有人数过也没有人记过。许子厚,一直在那里唱,人们也一直被动接受着,人们已经习惯了他一夜一夜地唱孝歌。许子厚从唱歌开始就没有下过地,他白天吃什么,他是靠什么活下来,成了一个谜。没有人知道答案,也没有人关心答案。人们只知道自己在这个夜晚失眠了。天大的玩笑,没了疯子唱孝歌,人们在自己家的床上竟然睡不着了。

许子厚一连好几天都没有唱歌了, 他没有发出任何动静。人们说,完了,许子厚怕是走了。

村长带人到许子厚家一看,大门没关,许子厚张着一张大嘴,双目紧缩。许子厚应该是把自己唱死的。村里人出了几块木板子,三长两短地一钉也就埋了。许子厚唱了无数个夜晚的孝歌,终了,却没有听到别人给自己唱一句孝歌。这不知道是幸运呢还是不幸。

那年，我回到村里结婚。从山下爬到婆婆家，我站在婆婆家的院坝里朝许家望去。他们的墙屋已经被推掉，只留下了打地基时的一个平台。我忽然想起大学时做的一个梦。在不远处有一地名叫作城门关，在梦里许家有一机关入口，正好可以通往城门关，里面埋着无数的金银财宝。我不知道这梦的真假还是有其他的启示。我只知道许家两兄弟走了，再过几年恐怕没有人会记得村里还有过这两个人。他们把自己活成了一种警示，留在了人们茶余饭后的闲谈中。

哑巴墓旁边的苹果树又开花了，我想起了水井路上哑巴的笑容。这一次我没有向后看，我向前走去。许子厚的孝歌仿佛就在不远处。

潮湿

村庄的上空飘浮着阵阵蛙鸣，此消彼长，在交替中陪伴漫漫黑夜完成了伴奏。清晨第一缕铁青色的光穿过厚厚的乌云照在大地上，这时候第一声鸡鸣开始呼唤同类，从蛙声中接过接力棒继续演奏，接着是狗叫、鸭子叫、虫子叫，整个村庄披着清晨的露水慢慢醒来，人们也纷纷从床上爬起来，开始忙碌的一天。黎明即起，洒扫庭除。几千年以来农耕文明的生活方式还在继续。

母亲最先起床，一个上午的农活儿都在等着她。扫地，先从房屋里开始，接着是院坝，然后是门前那条小路。喂鸡、喂鸭、喂猪、喂狗、喂猫，伺候完这些牲口之后，地炉子上的水壶开始呼出热腾腾的水汽。房间里弥漫着一阵潮湿，母亲麻利地把水壶从火炉的中央移到炉子的旁边。幽蓝色的火苗在闪烁，母亲顺手拿起火钳（铁钳）将火苗旁的煤炭笼到中央，火苗的身子便矮了下去。这样做的目的在于节省煤炭,炉中的煤炭只要不灭就可以满足需求。母亲从墙上的红色塑料袋子中取出一把茶叶放进搪瓷缸子中，然后将开水倒入其中。水和茶叶在搪瓷缸子中相遇,发出一种舒展的声响,茶香让原本潮湿的房间又蒙上了一层氤氲。茶叶是母亲从山上采摘下来,自己在铁锅里搓揉烘烤而成。母亲轻轻地将缸子上面浮着的那层泡沫荡掉,然后一边吹一边喝,苦中略带着一丝香味。喝茶是村子里老少皆宜的事,有一顿不喝心慌一天的说法,一天不喝茶干起活儿也提不上劲儿来。村子里所用的水都是从别处引来的,其水酸涩,难喝得很,当地人多少年了都习以为常了,那时常有外地的挑货郎路过村庄在农户家讨一碗水喝,把人喝吐也是常有的事。后来人们便把茶叶放入水中,茶的苦和香就把水原本的味道给覆盖住了。说来奇怪,村庄里的水难喝,但是其茶叶却在很早的时候就名声在外了,明清时期曾是朝廷指定的贡茶。

村庄地处秦岭淮河线上,降水充沛,特别是到了夏季,隔三岔五就有一场暴雨,常让人措手不及。相较于炎炎夏日,我反而更喜欢绵绵的阴雨天。小的时候,在山上遇到下雨天便无法下地干活儿,这时候关门插锁地捂在被子里,温暖极了。看着窗外的丝丝雨线,能听见斜风的声音,能听见雨水落地的声音,能听见雨水轻轻擦过草木的声音。偶尔,狂风骤雨,判断雨声最先来自房顶。噼里啪啦的雨滴落在石板上,然后汇聚成溪水般的小流从屋檐落下,流水汇聚成一团团明镜。我第一次看到这个场景的时候,觉得特别神奇。广大劳动群众的智慧实在是不容小觑,从屋檐下的小沟到地头田间修建的沟渠,一切都在指引着天上之水按照人类的意志进入领地。听着雨声、风声,好似一场盛大的交响乐,不知不觉间便进入了梦乡。有这样一个说法,人类在雨天更容易入眠。据说这是与我们身上的基因有关系,在最初始阶段人类还居住在山洞时期,遇到下雨天便会最安全,因为下雨时自然界的威胁便会大大降低,特别是面对那些形体较大的动物,这时人类便会放下戒心安稳地享受睡眠和梦境的乐趣了。我认为这个说法极为靠谱,因为睡眠不好的我在下雨天睡得极为安稳。

下雨天会让整个房子变得更为潮湿,感觉墙壁上都蒙上了一层水汽。土墙房有着比父母更大的年龄,是爷爷亲手建造的。不过爷爷在我三岁的时候就离开了,我只能从父母的口中得知那些往事。我能想起来的是一些残存的记忆碎片。爷爷离开的时候,子女都在身边,这或许是病疼带来巨大的痛苦在弥留之际的一点慰藉。不记得爷爷说了什么话，一切都只留下了画面而缺失声音。爷爷的子女、儿媳妇、女婿围绕在他的床前，那时候爷爷已经和婆婆分开睡了。疼痛常常弄得两人都睡不好。我躺在婆婆的床上，能看见众人将爷爷扶起来，半坐在床上，枕头垫在墙边，他慢慢地靠上去，气若游丝地说着什么，爷爷保持着这个动作离开了世界，也远离了病痛。仅是一夜的时间，村庄就被簌簌而下的雪花所覆盖，仿佛整个村庄都在为逝去的人身披白孝。从父亲和母亲的对话中得知，爷爷去世的那几天我极为难过，三天没有进过一点食，沉浸在巨大的悲伤之中。爷爷生前特别疼我，那是一个物资匮乏的年代，姑姑给爷爷买了一盒冰糖，爷爷放在枕头旁，小时候的我贪吃，经常抠破塑料袋子从里面掏出冰糖吃。等爷爷疼痛难挨的时候才想起枕头下的冰糖来，待他翻开时才发现早被我偷吃光了。现在每每想起这件事来，心里五味杂陈。爷爷就埋在我们家的玉米地里，童年时期每次在地里干活儿，我总能看见他若隐若现的身影，像是在对我微笑。爷爷刚刚去世的那几年，母亲说我干活儿干到一半总要跑到爷爷坟头跟前磕几个头。那时我尚不懂事，无法想象爷爷是怎样熬过那些深入骨髓的疼痛的夜晚，现在回想起来,心里充满了无限的愧疚和悔恨。听旁人说,爷爷生前不抽烟、不喝酒,唯一的爱好就是下几盘象棋。我上初中的时候,靠在山上挖药草换了一点零花钱,于是给爷爷烧过去一副象棋,差点把坟后的那面山都给点着了。也不知道爷爷是高兴过头了还是愤怒。幸亏一场暴雨及时扑灭了山火,泪水和雨水交融成一股淡淡的咸味从嘴角滑落。

潮湿的雨水滋润着山里的万物,形成了山间独特的气候,让这里每一个人的皮肤都变得水润。说起来,大家都是面朝黄土背朝天地干着农活儿,但是山中青年的皮肤却格外的好,男娃娃细皮白肉,女娃娃水灵得很。唯一的缺憾就是水质不好,张口就是一排氟牙,像烧水壶肚子里的水垢一般。我上大学的时候,从潮湿的南方抵达干燥的南疆,好似一条活蹦乱跳的小鱼跃入沙漠的深处。大一军训的时候,顶着毒辣的太阳,两周下来大家脸上都黑了几度,而我却没有丝毫变化,引得同学们啧啧称奇,还以为是买了什么护肤品。和我同住一个宿舍的室友都知道我从不用那些东西,只有我自己知道这是我身体里仅剩的一点潮湿在对抗燥热。

雨水说来就来,有时候几乎没有任何征兆。其实最开始我是讨厌下雨天的,记得我刚上小学的时候就碰到过暴雨天。老师看见暴雨来临，赶紧提前把我们放走了。放学的时候我身上并没有带伞，于是跟着同村的叔叔离开了学校。那时并没有电话，一切通信靠吼。母亲忧心忡忡地跑到学校才发现所有的学生都已经回家了，于是母亲又折身从另一条岔路返回继续寻找我。母亲呼喊着我的乳名，她的声音淹没在雨声中。等找到我的时候天已经麻麻黑了，天空中闪着"之"字形的闪电，雷声从房顶滚过，雨幕不断变得密集起来，院坝里溅起的水花也一阵比一阵高。从雨幕中的雾气中跌出来一个熟悉的人影，慢慢地我看清了，是母亲。母亲手里拿着一把伞，风把她吹成跟树一样歪歪斜斜，我在屋檐下想喊出声来，却感觉舌头僵硬，牙关紧锁，仿若被定在了原地不能动弹了一般。母亲的身影逐渐清晰起来，她披着用白色尿素袋子做成的一个简易雨披，除了后背全身湿透了，凌乱的头发在雨水中早已失去了原本的造型，杂乱的头发贴在脸颊。看着母亲焦急的表情，我强忍着眼眶里打转的泪水，扑进了母亲的怀里。在母亲潮湿的衣服中，我感觉到特别的温暖和心安。那些年上学的时候经常碰到下雨天，有时早上走的时候还是大晴天，回家走到一半天就变脸了，我已经学会了避雨，会选择最近的房子，躲在人家的屋檐下，等着雨停的间隙快速回家。从小到大母亲给我买得最多的除了笔就是雨伞了，我是个马大哈性格，买了雨伞总是用不了多久就会丢了，为此可没少挨打也没少淋雨。

　　最讨厌雨水的季节大概是冬日了，那时候雪花还没有飘下来，风呼哧呼哧地从村庄上空刮过，我们赶紧把所有的门窗关得严严实实的，仍有一些见缝插针的风从墙隙中钻进来，发出粗鲁的嘶吼。这种天气再碰上雨水就更为糟糕了，立秋过后一场秋雨一场寒，到了这个季节只能是更加阴冷。冷其实并不算是最糟糕的，一场雨水会让所有的山路变得泥泞不堪。走在上面能听见鞋子和泥土挤压发出"呀"的一声，那些泥土自带黏性，等你再一抬腿的时候猛然间发现鞋子上多了几斤几两的稀泥。越是往前走，鞋子上的泥土越多，越沉重，人的心情便落入了低谷，这时候千万不敢着急，否则很容易把鞋子陷进泥土中拔不出来。我四五岁的时候就吃过这个亏，出去玩耍，等回到家的时候鞋子就只剩下一只了，自然是免不了要享受一顿母亲亲自制作的竹条"刑具"。上学以后，泥泞的路走得多了慢慢也就有了一些经验。走路的时候沿途撇一根柳树的枝条作为棍子，每走一截子路，当鞋子上泥土积攒到一定程度的时候便用手中的棍子

将鞋子的泥土一一赶掉,顿时备感轻松,有一种重获自由的
既视感。后来年龄稍大一点便有了新的发现,可以将路边的
荒草拽下一把放在鞋底,也能管一阵子。那些年走在泥泞而
又弯曲盘旋的土路上,总是会产生一种错觉,感觉自己是一
个身负古老镣铐的绝望囚徒。其实现在想想,这又何尝不是
一副古老的镣铐呢,它束缚着山里人,迫使人们急于逃离。
所有人但凡有丝毫离开大山的机会都会拽住最后的救命稻
草。大山一定会感到悲伤,它用朴素的怀抱喂养了山民,而
山民却因为大山不能给予更多的营养而要选择离开。这或
许是一种背叛,是一种索要无果后的反目。早年间学校的教
育理念也似乎印证了这一点。几乎所有的人都希望自己的
孩子能走出大山,而走出大山之后首要的事情就是要跟大
山决裂,不走回头路,绝不回来。山野封闭,消息闭塞,交通
落后,致使贫困成为一道无形的镣铐压在我们的身上,压在
我们祖祖辈辈的身上,像烙印一样刻在骨子里,而又心生
自卑。

　　我真正喜欢上雨水是七八岁的时候,这个阶段人也变
高了,胆子也大了,可以自己漫山遍野地跑出去玩了。我最
喜爱的是村子里的池塘,池塘四周是果树,春季来临的时

候,雨水会和树上的绿叶、花骨朵儿一起落入水中。整个池塘变成了一块巨大的浮萍。这个时候,青蛙也会放松警惕,借着周围的绿色露出两个光亮的眼睛。我们几个玩伴总是要比试一下,看谁捉的青蛙多。下雨过后,泥土变得松软,好几次都差点跌入水中。而一般这个时候母亲大致已经能猜出来我在池塘里玩耍,往往不动声色就来到池塘旁,抓个现行。后来我也有了斗争经验,会让小伙伴帮忙放哨,一旦看见母亲的身影我便溜之大吉,顺势钻进池塘旁的树林带里去,树林带里有香菇、木耳、竹笋,这里便是我的天堂了。每有雨水天气,树林里总能长出一些蘑菇和菌类。我在林子里的时间长,哪里有一块石头,哪里有一个坑,哪里有陡坡,哪里有刺玫无法通过,我都摸得一清二楚。

在树林里我找到了一种前所未有的归属感,春夏之交,雨水丰沛,在林中我不怕被淋湿,更不怕闪电和雷鸣。雨水从数尺之上的枝叶上掉下来,从一片崭新的树叶抵达它们的先辈,抵达去年、前年、更早年份的树叶上。雨水从新叶一层一层往下渗透,时间的声音一点一点被打湿。雨水会唤醒那些沉睡了一年的树叶,在它们与大地亲密的谈判中获得了一种新生。一种又一种菌类破土而出,成为低处绝艳的风景。当我寻觅到它的时候,亢奋,像是找到了一件珍贵的宝物。我会轻轻地扒开它们身边的腐叶,小心翼翼地从土层中把它们一一请回家,一些细小和刚刚冒芽的菌类再用腐叶盖上,三五天之后又将成为餐桌上的佳肴。有一次连着下了三五天的连阴雨,天才麻麻亮母亲就带着我翻过几座山,到了深山老林去找香菇,那些香菇都长在被伐的板栗树上,每年都有着固定的位置。深山里有一户人家,已经搬离了多年,残存的墙基上还有碗口粗的木料立在梁上。这时天才露出一丝丝蓝灰色,过了一会儿天变得更黑了,我知道这是黎明前最后的黑暗。山中有鸟鸣此起彼伏像是在讲述着一个年代很久远的故事。墙壁上有裸露的小石块,是被流水侵蚀过后残留下来的。四四方方的房屋在雾岚中显得更为幽暗。被雨水冲刷的地方露出一个狭长的豁口,我站在旁边看四周像是躲在暗处的猎人在等待着猎物的出现。蓝灰色的光突然间变得暗淡,鸟鸣也逐渐停止了,有雨水从头顶落下来,风把我单薄的衣服束紧,露出一个干瘪的躯体,多年以后我终于在医院的 X 光片上找到了那天的情景。风一吹,草木就会发出窸窣的声音,鸟鸣断断续续,有翅膀扑腾的声音。我感到害怕、无助,本能地呼唤着母亲,却只能听见自己的回声,感受到飘荡在原野中的潮湿。我开始变得慌张、不安,寒冷一丝一丝地爬进身体里,上下逃窜,来回游走。我赶紧从墙上取下那片石块,或许是因为紧张拔了好几次都没有拔出来。我准备放弃了,蹲在地面上能看见自己模糊的影子。一个声音在我的后背落下,我吓了一大跳,以为是蛇或山中野兽,转过头来才发现是刚刚那块石块。石块是一个方形薄片,能在地面和石板上写出橙黄色的字体来,我拿着它把心中的恐惧和不安一一写在了地面上。当我再一次审视它们的时候,我已经不再害怕了。原来这一切不过是一些简单的线条和重叠,我凝视着这些线条如同凝视着我自己,我把所有的害怕和猜想都留给了那座空房子。雨停了,风也停了,远处有霞光在山头上晃荡,一个巨大的光源几乎在瞬间就照亮了整个人间,远处有被河流所折射出的金色光芒,有成群的山鸡从眼前结伴而过。母亲也从山的另一边翻过来,我能从她兴奋的步伐中读出前所未有的喜悦。母亲全身都被淋湿了,褐色的尿素蛇皮袋子装满了沉甸甸的香菇。在走回村庄的路上,俯瞰大地,炊烟升起,人们开始了新的一天,开始在劳作中打发时间。记得路上母亲跟我说,雨水是一种药水,它们从天上敷到被砍断的树墩上,开始漫长的疗伤,把这些沉睡的树墩再次唤醒，它们会发芽也会长出漂亮的香菇来。香菇其实就是树的另一种生存形式。母亲并没有什么文化，这些经验和认知都来自她日复一日的劳作。而母亲不知道的是，一个六岁的男孩子已经在她去摘香菇的途中战胜了自我，从此世间再也没有什么东西会让他感到害怕和恐惧。当他遇到困难和挫折的时候一定会想起那个幼小的自己，回想起那座空房子，回想起那些潦草的笔触，他早已把胆怯和懦弱都丢在了那个想来仍旧阴森的深山之中了。

当我们从深山中回到村庄附近的时候正好遇见一行人准备去采香菇，当他们看见母亲的袋子里鼓鼓的，无不称奇，纷纷打道回府。

"你这也太早了哇！"

"早起的鸟儿有虫吃嘛，笨鸟只好先飞咯。"

简单的对话里面，彰显着母亲的体面和风光。她心里清楚，人们会在背后暗自夸奖这个女人会过日子，能持家，能吃苦，勤快。这一切都是她常年操持家务的荣光，从计划、决策到执行都是她一手操办，这自然是很辛苦的，但是生活有光，哪怕是有一丝丝的收获也能感到满足和快乐。小到卖几个鸡蛋，大到出席村里红白喜事，什么时候去，去了送多少礼金,大大小小的事如烙印一般刻在她的心间。

　　有人辞官归故里,有人星夜赶考场。寒窗苦读十几载,只为有朝一日能够金榜题名,不求能够看遍长安花,但求能够走出大山,给日渐年老的双亲一丝安慰。高考的考场在县城里面,学校组织我们乘坐大巴到县城。一路上除了晕车的个别同学外,大多呆望着窗外。高考是一道分水岭,能够让很多人就此分道扬镳。高考是一座命运的校场,作为山里的孩子,我们知道自己根本无法同城里的孩子相抗衡,但我们从未放弃。大巴车沿着乡道盘旋而上,翻过一座山,又下到一道岭。公路两侧的人们都自觉出来挥手相送。所有人都明白,大山的未来就在这帮青涩的少年手中,他们期待着有更多的人走出大山,有更多的人能够考上大学。其中当然也有我们的父母,谁都知道许多人的命运会就此改变,鲤鱼跃龙门。我们带着全村全镇人的希望奔赴考场,这是村里人能够给予我们的最高礼遇。因为在明天、后天,当我们走出考场的那一刻,我们无法在人群中看见他们的身影。我们一出考场,唯一能看见的就是乌泱乌泱的人群,但这里面没有一个人和我们有关联。出行的那天是个好日子,据说几时几分都找风水先生算好了的。天空瓦蓝瓦蓝的,田野里的虫鸣、蛙鸣、蝉鸣、鸟鸣叠加在一起，车外的世界在翻转甚至眩晕，质朴而素净的村庄被倒置。而我唯一的感觉就是虚无，在隐秘的角落有着强烈的不安。当大巴车抵达县城宾馆的时候，狂风大作，暴雨如注。雨水很快就落下来了，但地面都是水泥路，整个县城看不见一丝泥土的颜色。马路被雨水浸透得湿漉漉，人们行色匆匆，似乎没有人记得明天是高考。那个夜晚，我始终无法入眠。在县城我仿佛丢失了自己，城市的热闹对比乡村的寂静让我变得惊慌失措，甚至想脱离。内心深处的秩序尚未构建完成就已经在瓦解的边缘了。应该是深夜了，我没有起床翻手机看时间，对面KTV的歌声一阵一阵地钻进来，同舍的室友用他的鼾声替代了那夜的雷声。那一晚漫长而窘迫，睡眠是我唯一的解脱。

第二天起来，雨水停了。因为高考部分路段车辆禁行，被雨水洗过的城市变得干净，潮湿中的晨雾和我们的前途一样让人无法看清。我很庆幸自己没有瞌睡，在考场上奋笔疾书，时间过得很快，铃声响起，所有人都停下手中的笔走出考场。我也将自己的命运写在那张苍白而神圣的答题卡中了。从考场里走出的人，各自脸上都写满了丰富的表情。在外等候了一上午的家长则根据孩子脸上的表情调节该说什么话,不该说什么话。高考结束的那天,几乎所有的人都卸下了沉重的心理压力。我没有跟随大巴车一起回到村庄,也就是从那时候开始我就和村庄逐渐断裂了。母亲给我联系了成都的亲戚帮忙找了一份暑假工,我没有参加高考过后的狂欢,而是登上了南下的火车,去了一个更加潮湿的地方。

当我十年以后再次回到村庄的时候,烟雨江南的天气变得熟悉起来。村庄的变化很多,人们都搬迁到集镇上去了,大片大片的土地变得荒芜。和村里人交谈得知,那些搬迁到集镇上的人这些年也都陆陆续续搬回村庄了。集镇上有政府修建的漂亮的房子,他们也曾有过一段城里人的生活,但是不到三个月就发现了问题。首先是轻松,到了镇上没有事情可干,每天最大的事情无非就是一日三餐,身体里的骨骼变得松软。睁开眼睛的第一件事就是要去买菜,他们也从村庄里运了几袋泥土用来种菜。更多的人只能选择用钱购买。山里人已经习惯了山里人的生活,突然一下子变得轻松下来,晚上躺在崭新的房子里却翻来覆去地睡不着。晚上睡不着,白天没有精神,人就变得越来越憔悴。人们慢慢发现问题越来越多,先是家里的腊肉吃完了,要买肉吃,虽然经济压力不大,但是每天只见支出不见收入。忽然有一天人们发现身边的人都开始变了,先是有人借钱开店,不到几个月的时间赔得精光,后来发现彩票站里挤得水泄不通。一家一家的连饭都不做了整天在彩票站盯着走势图,两眼直冒金光,戴上眼镜,开始了极其复杂的演算。过了一段时间,确实有人中了大奖,却因此变得神神道道,直到他拎起一把菜刀冲进彩票店砍死砍伤了好几人,人们买彩票的浪潮才得以停息下来。正所谓无事则生非,镇上的治安变得越来越差,赌博、酗酒、打人和盗窃案件居高不下。一部分人继续选择外出,一部分人选择回到村庄,把之前推倒的猪舍鸡圈又重新盖起来,重操旧业。但是村庄已经没了往常的活力,炊烟变得稀少,村里很难再见到年轻面孔,通往深山的小路已经被狗尾巴草填满了,弥散在整个山野。

"田家少闲月,五月人倍忙。"我和母亲一起到地里挖洋芋,这年雨水刚刚好,洋芋白皙,苞谷长势也不错。这很难得,往年碰到狂风暴雨,地里的洋芋没法收,苞谷秆子也是东倒西歪,人们会站在地头一边叹息,一边骂老天爷不长眼睛。母亲在地里挖洋芋,我负责用背篓将它们背回家,常年没有干过农活儿,双腿发软,顿时感觉到对面的山倒立着向我撞来，我被一股强大的力量扔到空中。眩晕带来的错觉让人很舒服，如果你跟着这种感觉走，很快就会晕倒在地。我闭上眼睛，强迫自己冷静下来，克服了眩晕。没走几步路就要停下来歇息，汗水一排一排地从脸颊渗出，走在苞谷林子里，苞谷苗子的枝叶打在手臂上，形成一道道鲜红的印子。当我喘着气将背篓里的洋芋倒在堂屋里时才发现双肩被磨出了几个血泡。三五个来回就已经没劲儿了，而母亲还在继续，打猪草、剁猪草、摘桑叶喂蚕……下午吃的是新鲜的洋芋苞谷饭，这是乡野间最便利也最具有乡土气息的饭菜。把刚挖出土的洋芋和成熟了一半的玉米搭配在一起，两种粗粮配上山泉水其味在于鲜，在于醇。

忙了一天，母亲把所有的家禽都安排妥当之后，我们一块儿坐在院子里乘凉，一种时光倒流的错觉萦绕在心头。很多年了吧，没有和母亲一起干过农活儿了，也没有像今天这般能够平静地坐下来，享受乡村的夜晚。大山青黛的山脊在暮色中逐渐变得模糊，我们被炎热所笼罩，来自脚下无声的地火将我的老寒腿烤得极为舒服。沉默，持久的沉默。我们坐在院子里，各自看着自己的风景，不敢对视。直至头顶有星光出现，我起身把院坝里的灯打开，顺手给母亲拿了一把蒲扇。母亲说下午的饭菜油水太少了,味道也太淡了,明天要多放一点油和盐。我点点头,她继续说,农村人干的都是体力活儿,薄油淡盐的根本支撑不下去,说话间就能听见母亲的肚子在叫。

我们都笑了,这时候母亲和我说起村里的事,说起我小时候家里杀年猪,我才四岁多就敢一个人跑下山到另一个村子里去喊外公外婆吃肉。暮色一层一层盖下来,远处的山脊看不见了,借着昏黄的灯光我们能看见彼此的脸。有微风无声地从脚下溜走,我们坐在那里衣角在不停地摆动。母亲又说起收成,说起玉米,我们家是村庄里唯一有老种子的人家,这几年村上每年都引进了新品种的玉米种子,头几年产量很大,但是只能喂猪,人吃总感觉不是那个味,不够醇厚,也缺少粮食本来的香味。村里的酒厂用那新品种的苞谷酿酒,劲头很小、苦涩、上头。到后来白送都没有人要,连村里的酒鬼都退避三舍。这些年还在种地的人又陆陆续续到我们家来借苞谷种子,母亲会跟他们讲清楚,老种子味道好,但是缺点也是显而易见的。老种子苞谷苗子长得高,长得高就很容易被风刮倒,一旦遭遇强风一块地里几乎没有苗子能独善其身。说来也怪,越是说什么,越是来什么。村里人来借种子的那一年,果然遇到了大风天气,眼看玉米就要成熟了,一夜之间却都趴在了地里。有几家不会事理的人就开始在地里骂,先是骂天,骂死去的先人们为什么不保佑他们庄稼丰收,后来骂地不争气,骂着骂着就骂到母亲身上了。农村人说话要多难听就有多难听,我是见识过的,能从你十八辈祖宗骂到你重孙子,什么泼妇骂街在这里完全就是小儿科。看《三国演义》的时候,诸葛亮骂王朗,电视里拍得就更为神奇,但那毕竟是电视剧虚构夸张的成分比较大。但是村庄家长里短的,吵架是最常见之事。我小时候就经常看见母亲跟别人对骂,那嗓音一定不比今天的话筒低。还有一个奇特的现象,两个妇人在骂,所有的人一边手里干着活儿一边侧耳听。这时一般家里的男人都会去拉女人,说,多大点事,没必要这样。但没有一个女人就此偃旗息鼓,更有甚者连自家男人也一起骂,通常的字眼就是胆小鬼、窝囊废之类的。在我的记忆里母亲也是一个比较强势的人,她掌控着家里的财政大权,是实际的操控人和决策者。我想按照母亲的脾气一定会骂回去,但是母亲却摇摇头。母亲已经不是当年的母亲了,不会再事事争强,她把自己活成了婆婆们的年纪,变得理性而克制。口舌之争在她看来已经没有任何意义了,这在过去，跟母亲是说不通，也是做不到的。我一直认为母亲蛮横，是因为她书读得少。现在看来是我错了，母亲说年轻的时候必须逞口舌之利，要不然别人就会事事欺负你，时时欺负你，这是在农村生存的法则。其实母亲一直都是明事理的人，在村庄里也都是些鸡毛蒜皮的小事情，即使大家拌拌嘴，有口角之争，但绝不会破坏一些约定俗成的规矩。有一年，母亲和村子里的人吵架，第二天他们家从很远的地方拉了一车炭回来。拖拉机把炭卸在马路边，村里人不约而同就陆陆续续地背着背篓过去帮忙背炭了，母亲自然也不例外。本来两人走路都会找个借口避开，但通过这件事之后两人又好得跟亲姐妹一般。那时，我时常看不懂村里的人际关系，但是母亲说过的话却言犹在耳："不管大人们如何吵闹，你们小孩子只管玩好自己的。"现在回想起来母亲是有真知灼见的，这些年村里有人陆续随子女进城，我也跟母亲提过让她跟我们一起生活，她拒绝得很彻底，说到了城里没什么可以干，没有地可以种，其他的也不会，人闲下来就等于是废人一个。现在还没有到这个阶段，那些去镇子里的人不就是最好的证明。很快那批进城的人又都回来了，说是各种不习惯。夏夜的蚊虫嗡嗡地在我们身边打转，萤火虫从猪舍旁边起飞，满天的繁星光亮如昼，我们在谈话中结束了辛劳而又愉快的一天。

　　我躺在床上很快就睡着了。在潮湿而又阴暗的柴房背后是我的房间，但这个房屋并不独属于我，它并非作为一个隐私空间而存在。我的床铺很简单，两条长板凳上面放着两块木板，到了年底杀猪的时候还要拆下来剁肉。被子带着潮湿的气息，还有一点霉味，盖在身上像是一块重金属压在胸膛上。床底下不同的季节堆放着不同的作物，苞谷、洋芋、黄豆、魔芋等，床头的一侧放着两个木箱子，在积年累月的濡湿环境中已经变形，无法合上。那里面放着家里所有的"大数据"，出生证、户口本、结婚证、身份证、毕业证、存折、借条、收据、发票……似乎生活里的一切都可以用这些纸条概括，苍白的字迹却需要母亲艰难地支撑下去。每次回家我都会翻一遍以此来估算家里的经济状况，有些票据已经黏合在一起，墨迹被晕染开来，一些昏黄的照片上残留着黄色的污渍，那是我高中时照的一些证件照，我自己都快忘记了，但母亲却一直都存着。床铺的上方搭着一层彩条布，很结实，彩条布的上方是一层用木板隔开的二楼。楼上存放着家里的存粮和一些不常用的杂物。房子很旧，墙壁上布满了褶皱,用彩条布能够接住落下的灰尘,也能接住夏日里下暴雨时的漏水,不至于到处都放上盆盆罐罐。但时间一长,却成了老鼠的天堂。到了夜间,我躺在床上的时候经常能听见老鼠在我的头顶跑来跑去,这时我会学着猫叫,所有的老鼠都会停下来,再不敢轻举妄动。过了一阵见我没有动静又继续开始逃窜,我继续学猫叫。如此反复,直到进入梦乡以后,它们才算自由。

这间屋子在整个房子格局的最西侧,虽然修了一扇小窗,但是几乎常年见不到阳光,潮湿、阴冷、幽暗,它们如影子一般一直陪伴在我的生活中。奇怪的是,大学毕业后我在城里落了脚,终于有了一间属于自己的房子后,却反而有一种莫名的失落感,常常在深夜无法睡着,唯有读书和写点文字打发漫漫长夜。这时候我总会想起村庄里的这间房来,如今重新回到它的怀里,睡得很自然而舒心。

在家的时光过得一天比一天快,母亲心里有一本自己的日历,什么日子要干什么活儿,她都安排得妥妥帖帖的。像上学的日子一样,母亲开始催促我把身上的衣服换下来,把鞋子袜子都洗干净,而她也没有闲着,给我灌香肠,把好一点的腊肉全都挑出来,放在炉子上烧好,再用热水冲洗干净，晾干，什么魔芋豆腐、土豆粉、黄豆、腌的竹笋、晒干的香菇干，总之家里的一切恨不得全都打包给我带走。看着这一幕，我的眼睛不自觉地就变得潮湿起来，子女回馈给父母的爱永远不及父母给我们的万分之一。在父母的眼里，我们永远都是孩子，一点也不假。我感觉自己又重返学生年代了，母亲的唠唠叨叨接踵而来。"出门在外，要注意安全，现在网上那些诈骗什么的很厉害要多注意，天冷了要注意添衣服，多吃点肉多给自己买点好吃的，与人要和善不要起争执，有空了给家里打个电话……"如果时间没有限制，我想三天三夜母亲都讲不完。我把院子的木柴劈完，竖直地堆放在墙角，又到猪舍旁把堆积的煤炭砸了一些，主要把一些大块头的敲碎，这样母亲砸炭的时候就不会太吃力了。真心舍不得离开，好想再多干点活儿，但是我的身体已经在抵触了，食指的第二个关节多了两个透明的小泡泡，借着进屋的由头到母亲的针线盒里拿针挑了，却看见母亲用我的运动鞋垫重新拓印了鞋样。一想到母亲忙碌了一天农活儿之后还要在昏黄的灯光下穿针引线，一针一针地为我缝制布鞋，我一时五味杂陈，实在是难以用语言来形容。

分别的那天，天公不作美，阴着脸，下着毛毛细雨。母亲早早地就起来给我做好了饭菜，她知道我吃得不多，但还是弄了六七碟。看着母亲的神情，我知道每一道菜都凝聚着浓浓的母爱，此刻我多么希望自己能有一个宽大的胃能装下所有的食物。像小时候一样，母亲没有动筷子，她的眼睛里全是我，没有泪光，只有无限的满足和期待。吃完饭，强扭不过母亲，她一直把我送到马路边，送上车以后也不曾回过头。看着母亲逐渐远去的身影，想着母亲的额间飘散着几丝白发，皱纹越来越深，我的眼泪再也绷不住了，夺眶而出。雨水渲染了分别的气氛，云雾从休耕的土地，往山上跑，速度很快，立马就把村庄给罩起来了。看着车头的雨刮器来回运动着，一会儿就眯着了。

醒来的时候，车子已经堵了好几公里，原来是前方因为接连的暴雨，出现了塌方。我从车上走下来，能听见河水的轰鸣声，从上游赶过来的几条河流开始汇聚在一起，下雨天，都是一贯的泥巴色。公路上湿漉漉，浮在雾岚的虚光里，路面上有一条裂痕，泥土裹挟着某牌子糖纸在风中摇摆。细雨下的谦逊，几根微弱而透明的丝线沾湿了我们的衣裳，挽起衣袖，头发却湿了，运动鞋也被渗透了，潮湿的印痕像是涨落后的潮水。不觉想起岑参的"相送泪沾衣，天涯独未归"

大致也就是这种情景吧！不知过了多久，细雨也停下了，但一切仿佛都被打湿了，我们的裤脚、下车散心的人群、两山之间裸露而出的岩石，以及藏在林中的鸟鸣和散发出土腥味的泥土都被打湿了。

在众人的通力协作下，塌方的路段很快就恢复了通行。车上并没有返乡时那么热闹，静得可怕，每个人的眼前都是一片灰蒙蒙的水汽。此去皆是背井离乡，带着村庄的潮湿，带着家人的殷殷期盼，带着无尽的迷茫和错乱，奔波在去往他乡的途中。想起一句诗来，"露从今夜白，月是故乡明"。雨水落在草木的肩上，第二天晨雾散去，这些露水也将一日比一日寒冷，见证它们从青葱走向哀黄凋敝。到了那个时候应该是深秋了吧，故乡还是那么潮湿，而我们的奔波或许已经找到了各自的答案，我们安定下来了，远离了村庄的气息，远离了熟悉的乡音，远离了潮湿和群山，但是当我们举头望明月的时候，那轮圆月还是我们村庄的那轮圆月吗？潮湿和记忆并没有因此而远去，村庄、故乡，母亲也都一直在我们的身边。也许只有一个人真正经历了离别，才能真正体悟到这句诗的含义吧。

回到南疆，已经是第三天的上午了。下午照镜子干燥得人嘴角翻白皮，直流鼻血。又过了两个星期，半夜开始突然下雨。我莫名地失眠，很多记忆的碎片不断地在我脑海浮现。于是，披衣而起，在书房敲打到天明。雨水并没有停歇，哗哗啦啦地下了一晚上。雨水的节奏均匀而平稳，谦逊中带着一种熟悉的柔和。妻子睡得很香，或许是潮湿唤醒了我体内的记忆，我开始把这些往事化为文字，借助今夜的潮湿生根，发芽。

白天，我收到了母亲给我做的布鞋，黑面白底，试穿了一下，刚好合脚。

我站在窗前，漆黑的夜像是一面深不见底的深渊。打开窗户，我脸颊上的潮湿又多了一层。迎面而来的雨水还在继续演奏，我单薄的衣衫之下已经悬空。在更远的地方，我发现有些微光逐渐变成了熟悉的铁青色，带着清晨的潮湿漫漶而来。